U0469719

不任性的灵魂

张新颖 著

上海文艺出版社

目 录

小 引 ...1

†

不任性的灵魂 ...3

伟大作家的回报
读 T.S. 艾略特演讲札记 ...15

T.S. 艾略特与几代中国人 ...23

†

俄国之恋
以赛亚·伯林与安娜·阿赫玛托娃 ...55

生活从来不是需要去加工的材料 ...81

写这些被生活淹没了的人
雷蒙德·卡佛和他的小说集《大教堂》 ...91

†

博尔赫斯三题 ...103

生命在梦想中流逝 ...111

想象的动物 ...117

七个夜晚的说书人 ...129

†

《纽约客》的罗斯 ...141

"嗯,是不错。"
把 E. B. 怀特书信集当作他的自传来读 ...151

"我很可能什么也没干,除了给鸟儿换水" ...171

献给爱丽丝的挽歌 ...177

"不论我说什么,我都崇爱着她" ...187

小 引

某次李伟长出差，不知是酒喝多了还是没喝够，该睡觉的时候不睡，用宾馆的信笺，凭记忆写下我一些文章的题目，排列成一本书的目录，拍照发给我。

我坐在家里正百无聊赖，忽然收到微信，很是感动，当即答应出这本书。

但后来，却犹犹豫豫，一直没有交出稿子。我查了下，说定这件事，还是在疫情之前好久呢。拖拖拉拉，将近三年。

再也不能拖下去了，哪怕疫情还要拖下去——这样见伟长的时候，就不用再重复支支吾吾难为情。

书名也是伟长当时就想好的，他似乎偏爱我一篇文章的这个标题。还记得他补充过这样几句：不任性的灵魂，同时也是任性的灵魂；没有任性，起不来，更无从再往上不任性；没有不任性，任性多半是要踏空。

我猜伟长多多少少是冲着这个书名出这本书，那么，就叫这个名字吧。

二〇二二年元旦

不任性的灵魂

> 我们大家内心都坐着那个长着红粉刺的青年,渴望兴奋的语无伦次。
> ——约瑟夫·布罗茨基

一

约瑟夫·布罗茨基说,他用英语写作,是为了使自己更接近"二十世纪最伟大的心灵":威斯坦·休·奥登。一九七七年开始,布罗茨基改用奥登的母语为文为诗,其时奥登已经去世四年,他的所为,只是想"取悦一个影子"。

奥登最初给布罗茨基的印象,是自我克制。那还是在俄罗斯时期,奥登的一行诗,让他见识了另外的"菜谱":"由于我是靠吃俄语诗歌那基本上是强调和自我膨胀的食物长大的,故我立即就记下这个菜谱,其主要成分是自我克制。""可我在这行诗中受益于这位诗人的,不是其情绪本身而是其处理方式:安静,不强调,没有任何踏板,几乎是信手拈来。"

这个印象随后不断深化,达至对谦逊品质的领悟。奥登有些近于闲聊的诗行,其实是,"形而上学伪装成普通常识,普通常识伪装成童谣对句。"这种个人谦逊,"与其说是由某个特别信条强加在他身上的,不如说是由他对语言本质的意识造成的。谦逊绝不是经过选择的"。在读了《悼叶芝》之后,布罗茨基意识到,奥登是比叶芝或艾略特更谦逊的诗人,有一颗比他们都"更不任性的灵魂",同时,"其悲剧性恐怕一点不减"——但是,"他从不把自己放在悲剧画面的中心;他充其量只是表明自己在场"。

还有,奥登的脸。布罗茨基见过奥登的一张照片,似乎是在纽约的某座天桥上。"那样貌很一般,甚至平凡。这张脸没有任何特别诗意的东西,没有任何拜伦式的、魔性的、反讽的、冷峻的、鹰钩鼻的、浪漫的、受伤的之类的东西,反而更像一个医生的面孔,他对你的故事感兴趣,虽然他知道你有病。一张准备好应付一切的面孔,一张总面孔。"

等到他们第一次见面,布罗茨基问他对罗伯特·洛厄尔有什么看法,他回答说:"我不喜欢这样一些男人,他们总散发一股背后有一群哭泣的女人的气息。"

最后一次见面,是在伦敦斯蒂芬·斯彭德家中的晚宴上,由于椅子太低,女主人拿了两大卷《牛津英语词典》让奥登垫着。"当时我想,"——布罗茨基想——"我看到了唯一有资格把那部词典当坐垫的人。"

以上这些,都出自布罗茨基一九八三年的文章《取悦一个影子》;如果要了解布罗茨基对奥登诗歌的具体见解,应该细读那篇著名的讲稿《论 W. H. 奥登的〈1939年9月1日〉》,九十九行诗,布罗茨基一行一行地阐释,译成中文,大概三万字左右。这两篇文章都收入散文集《小于一》，黄灿然翻译了这本书，浙江文艺出版社二〇一四年出版。

但眼前这篇短文主要想说的，还不是布罗茨基眼中的奥登，而是奥登眼中的歌德。布罗茨基刻画出这么一颗"不任性的灵魂"，克制，谦逊，中性，平静，"他把自己的位置定得很低：实际的低，这意味着在众多人事中间。"借助布罗茨基对奥登的理解，或许更容易明白奥登对歌德的理解。理解，交织着许多重要的因素构成相互的关系，其中有认同，有投射。

二

奥登在一首纪念路易斯·麦克尼斯的诗中，吐露了一个愿望："如果可能，成为一个大西洋的小歌德。"a minor Atlantic Goethe——只有伟大的心灵，才会这样平淡地自信和自我期许吧。

《序跋集》（黄星烨译，上海译文出版社，二〇一五年）里，有三篇关于歌德的文章,《维特与诺维拉》《意大利游记》《G先生》,前两篇是歌德作品译本的序言,后一篇是书评。虽然这些文章都出于实际的功用而写,不是从整体上论述,不是奥登对歌德的全部理解,但基本的重点,的确都包含其中了。

歌德在大众中的声名,主要是他二十四岁时写的那本书贡献的,很多人大概也只读过歌德的这一本书,即《少年维特的烦恼》。奥登对此作的分析,精到处在于指出了歌德的无意识动机,正是这个无意识动机,才导致了歌德的变化。"这本小说在我看来是这样的艺术作品,小说作者的意识与无意识动机构成矛盾。意识动机表现在歌德对主人公的赞同态度,但是他的无意识动机却是为了治疗:他要光用语言来尽情放纵自己,让自己陷入主观情绪,就像狂飙突进运动标榜的那样,这样自我放纵的缺陷才会从他的体系里消失,他才能找到真实的诗性自我。"显然,奥登不会喜欢那个任性、除了他自己什么也不关心、自说自话把自己想象成狂热恋人的"小怪物",也不会喜欢歌德意识动机里的赞同,他觉得这样的情绪泛滥是需要"治疗"的,而歌德正是无意识地用耗尽这样的主观情绪来自我"治疗"。

事实上,歌德也正是在此书带来的声名里发生了第一次人生危机。在奥登看来,这样的危机具有普遍性:"歌德当时领导的狂飙突进确实代表了情感的自发性……类似的运动在历史上常有发生,结局都大同小异:那些接受狂飙突进理念的人早年还能创造出卓越的作品,可后来如果不酗酒甚至自杀就日渐低落,许多人都是如此。一件艺术品如果让自然与艺术对立,那它一定会弄巧成拙。克尔恺郭尔口中的美学信仰指的是对于当下那一刻情绪的信任,按照波德莱尔的说法,这种信仰首先会让人'乐于培养自己歇斯底里的能力,但同时又带着恐惧',最终会让人绝望,所以,后来歌德也走到崩溃的边缘。"

就是在这个危机的当口,歌德选择到魏玛宫廷做公务员，此后不断升职，成为重要的大臣。关于歌德的这一经历，中国人耳熟能详的评价是，这是伟人身上庸俗的一面，天才和庸人集于一身。这个评价来自恩格斯，他在《诗歌和散文中的德国社会主义》中的这段话，经常在中文里被引用："在他心中经常进行着天才诗人和法兰克福市议员的谨慎的儿子、可敬的魏玛的枢密顾问之间的斗争；前者厌恶周围环境的鄙俗气，而后者却不得不对这种鄙俗气妥协，迁就。因此，歌德有时非常伟大，有时极为渺小；有时是叛逆的、爱嘲笑的、鄙视世界的天才，有时则是谨小慎微、事事知足、胸襟狭隘的庸人。连歌德也无力战胜德国的鄙俗气；相反，倒是鄙俗气战胜了他；他的气质、他的精力、他的全部精神意向都把他推向现实生活，而他所接触的实际生活却是很可怜的。他的生活环境是他应该鄙视的，但是他又始终被困在这个他所能活动的唯一的生活环境里。歌德总是面临着这种进退维谷的境地，而且愈到晚年，这个伟大的诗人就愈是

de guerre lasse（疲于斗争），愈是向平庸的魏玛大臣让步。我们并不是责备他做过宫臣，而是嫌他在拿破仑清扫德国这个庞大的奥吉亚斯牛圈的时候，竟能郑重其事地替德意志的一个微不足道的小宫廷作些毫无意义的事情和寻找 menus plaisirs（小小的乐趣）。"

奥登的理解，全然不同。他是从歌德生命的发展过程、自我救治的需要、不断学习的渴望着眼的，而不是本质性地认定歌德身上本来就有类似于天才和庸人这样对立的东西纠缠不休。"很难想象这个年轻的诗人，生活上足够富裕，爱干什么就干什么，却选择去一个小小的宫廷当公务员，而不是去意大利散心。歌德出于本能做出这样的选择，他天生就知道正确的前进方向，这种出色的能力伴随了他一生。在政府谋职，他不能随心所欲，只有限制自由才能从以往无意义的存在中脱身。这样一来，他的主观情绪就得到了控制，因为除了他自己以外，他还要为他人负责，要替人办事，这就是魏玛给他的财富。"也就是说，魏玛的经历，使他"做好了不受个人情感影响担负起责任的准备"。

歌德中年时写过这样的诗,显然只能是已经克服了"少年维特时代"的狂飙突进情绪之后,才会如此"不任性":"若徒有放任习性,／则永难至境遨游。／非限制难见作手,／惟规矩予人自由。"

三

从以自我为中心的情绪、感情的控制下解脱出来,学会克制,也即意味着学习把它放到适当的位置,放到众多的人事之中,放到世界之中。这个时候,才可能看到世界。

奥登抄录了歌德给一个年轻作者的信中的这么一段:"直到目前为止他都自顾自只写主观的现代诗,一直沉迷于此。只要是和内心体验、情感、性情相关的内容,或者是关于这些的思考,他都很拿手,于这些相关的主题他也能处理得很出色。可是处理任何与实际客观物相关内容的能力他还很欠缺。……我给这个年轻人布置的题目是：假设他刚回到汉堡，如何描绘一下这个城市。他一开始的想法是写写他多愁善感的母亲，他的朋友，他们之间的亲情友情，如何有耐心、互帮互助等等。易北河还是静静流淌，也没城市和停泊港口什么事，他甚至连拥挤的人群都没提一句——这样的汉堡和农伯格、和梅泽堡又有什么区别。我直截了当把我的想法告诉了他，如果他面面俱到写这个伟大的北部城市本身，另外加上对家庭的情感，那么他就成功了。"

歌德自己的写作，奥登特别注意到他称之为"非文学实践"的部分。与传统描述事物的方法不同，歌德"故意把感知与情感的部分分开"，尽全力"来描写事物的确切形状与色彩，以及相对其他物品的确实空间位置"，歌德追求感知的"精确性"，关注事物如何发展到当下的状态。"对歌德来说，如果见到美丽的白云，却不知道，或者不想知道任何气象学知识，见到美丽的风景，却没有地理知识，见到一株植物，却不去研究它的构造与生长方式，见到一具人体，却不懂什么解剖学，观察者就作茧自缚地把自己锁进主观审美的情绪里，他认为这是同时代作家易犯的恶习，总是对此进行谴责。"

歌德学习绘画，"不是为了成为画家——他从来没妄想过自己会成为严肃的艺术家——而是为了学会遵守规则。绘画是训练思想专注于外部世界的最佳方法"。

歌德晚年的作品，只有几部受到欢迎，而一些最优秀的作品，比如《罗马哀歌》和《东西合集》，却乏人问津。但是歌德生前就举世闻名，在人生最后的二十五年，他本人甚至成为国际"旅游景点"，去欧洲旅游的人免不了在日程上写下"拜访歌德"这一项。"歌德如何从不甚了解他的人群中得到这样的名誉"，对奥登来说是一个谜团。

"大多数人拜访他就因为他是那本书的作者"——那本书就是他年轻时候写的《少年维特的烦恼》——

奥登觉得，这是非常"古怪"的；用布罗茨基的说法来解释这一现象，即"人类对不成熟的依恋"。

布罗茨基是在谈到奥登晚年处境时，表明了这个尖锐的洞察。"奥登作为一个诗人的悲剧性成就，恰恰是他使他的诗歌脱去任何欺骗的水分，不管是雄辩家的水分还是诗人的水分。这类事情不仅使他疏离学院教职员工，而且疏离诗歌同行，因为我们大家内心都坐着那个长着红粉刺的青年，渴望兴奋的语无伦次。"

二〇一六年一月十五日

伟大作家的回报

读T.S.艾略特演讲札记

T.S.艾略特的《批评批评家》(上海译文出版社,二〇一二年)收文九篇,除了早期的两篇论文,其他都是后期的演讲。七十三岁那年他在用作书名的那个演讲中说,他早期的文章给人印象深,却难免武断;后期的文章可能更公正,影响却减弱了。"读者都喜欢十分自信的作者,"——这样的作者坚信真理在握,要么激情澎湃,要么义愤填膺——"就连老练的读者也不例外。"不过,你可千万不要以为时间和阅历只会消磨气势和冲击力,它们还会增加更多,不只是宽容,更重要的是淘洗掉了浮华,显现出慢慢沉淀下来的更丰厚、更基本的东西。而且,你听他心平气和地讲,在更长的生命跨度里比较、衡量、澄清,会觉得平易而踏实地表达思想和见解,和急迫的、辩驳的、使人震惊的方式比起来,更为持重和诚恳,也更为宽阔和自由。

这里简述两个问题,中国当代文学也曾经关心过这样的问题,我们读起来或许会有更深一些的感受和启发。

一、"纯诗"已经尽其可能

一九四八年,艾略特六十岁,他做了一个题为《从爱伦·坡到瓦莱里》的演讲,来讨论现代诗歌传统中一种萌芽于爱伦·坡而成熟于瓦莱里的"诗艺",这种"诗艺"与"纯诗"的观念和理论目标紧密相联。

艾略特说:"爱伦·坡才华出众,这无可否认,但是在我看来,这只是一个天赋极高、尚未进入青春期的少年的才华。他强烈好奇心所表现出来的形式只是那些懵懂孩童的心中乐事：自然、力学和超自然的奇迹，密文和暗号，谜语和迷宫，机械操作棋手以及迸发的各种奇思妙想。他好奇心的多样性和强烈感令人快乐，叫人惊叹；可是他趣味上的怪异离奇和杂乱无章最后却令人疲倦。他所缺乏的正是那种赋予成人庄重感的始终如一的人生观。……他缺少的不是智能，而是心智的成熟，这种成熟只有随着人整体上的成熟、各种情感的发展和协调才能获得。"

爱伦·坡影响了三位重要的法国诗人，波德莱尔、马拉美和瓦莱里。波德莱尔从爱伦·坡那里看到了这样的观念："诗歌除了其本身应当什么都不考虑"；马拉美的兴趣在诗歌技巧上；瓦莱里最为激进，他甚至认为连诗歌本身也不重要——比起产生诗歌的创作行为，后者更让他着迷不已。"写诗的时候，我在做什么？"这样的问题正是爱伦·坡《创作哲学》的聚焦点，它为瓦莱里提供了一种方法和一项工作——观察自己的写作。艾略特发现，瓦莱里"不再信赖诗歌目标，只对创作过程感兴趣。很多时候，他不断地写诗，好像仅仅是因为他对写作中自己的内省式观察感兴趣"。

艾略特描画出了"纯诗"的理论目标发展到极致而陷入"精神自恋"的脉络。本来，"所有的诗歌都来源于人类与自身、他人、神明和周围世界之间的关系中产生的情感经历"，最初，人们也许只注意诗歌主题；后来的时期，慢慢开始意识到文体风格；再进一步的阶段，就是主题变得不重要，或者说"作为手段它是重要的，但其终极目的是诗歌。主题为诗歌而存在，而不是诗歌为主题而存在"。这是诗的"自我意识"的不断增强过程，可是如果沿着这个方向无限发展，几乎不可避免地导致诗的"自恋"，而"自恋"到头来也会变成沉重的负荷："至于未来，一种合理的假设认为，这种自我意识的进步，这种在瓦莱里身上发现的对语言的过度警觉和过分关注，会因重荷的不断增加而使人类大脑和神经变得不堪忍受，最终必将土崩瓦解。"

平心而论,艾略特承认,首先,从爱伦·坡到瓦莱里的诗学传统中,涌现了他极为赞赏和喜欢的现代诗歌;其次,这种传统代表了那百年中引人关注的诗歌意识的发展;最后,这种探索行为本身很值得重视,应该去探究诗歌所有的前途。但说到将来,他还是断言,这种"诗艺"已经尽其可能得到了发展,耗尽了活力,"这种美学对后来的诗人不会再有任何帮助"。

二、伟大作家的回报

艾略特二十二岁那年就深深受益于但丁。"尽管我当时对他的语言只是粗通皮毛,却不惜绞尽脑汁揣摩他的诗句。随着年岁渐长,这位诗人一直为我解忧,不断让我惊奇……但丁遣词造句,箭无虚发,直中靶心,那种惊人的简练和直接,在我青年时代形成了一种有益的矫正力量,因为那时的我对伊丽莎白时代、詹姆斯时期和查理时期作家们的那种华丽铺张也相当

迷恋。"(《批评批评家》)

四十年之后,艾略特演讲《但丁于我的意义》,说"但丁的影响,在其真正强的地方是一种积累性的影响:也就是说,随着年龄的增长,它对你的控制就越大"。这也正是伟大作家不同于次要作家的地方,次要一点的作家能够在某人生命的某一阶段给予示范或引导,伟大作家的意义不只是有益于某时某地某人的。艾略特从技艺、语言、感觉力的探索三个方面来论述伟大作家之伟大所在,后两点尤其能真正大处着眼,语重意明。

"但丁在意大利文学中的地位只有莎士比亚在我们文学中的地位可比。换言之,他们使各自的语言的灵魂具有形体,使自己符合他们遇见的那种语言的诸种可能性……传给后人自己的语言,使之比自己使用前更发达、更文雅、更精细,那是诗人作为诗人所能达到的最高成就。"艾略特并不遗憾一种文学因拥有一个但丁或莎士比亚而付出的代价:后来的诗人得找点其他事来做做，事情较为次要，也应满足。"至高无上的诗人就是屈指可数的几个人，没有他们，一个拥有伟大语言的民族现今通行的话语就不会是那样。……我说的是他为身后每一个说那种语言、以它为母语的人所做的事，不论他们是诗人、哲学家、政治家还是火车站的搬运工。"

伟大作家能够大大扩展情感和知觉范围的宽度，用光谱和音域的比喻来说，就是"不仅应该在正常视力和听觉范围内能比其他人更明晰地感觉和分辨色彩或声音；而且他还应该觉察到普通人觉察不到的震动，有能力使人们互相之间看见和听到更多，没有他的帮助情况就不是这样"。一方面，在伟大作家自己，"有责任探索未被说出的东西，并寻找词语来捕捉人们甚至难以感觉到的感情，感觉不到乃因没有词语来形容"。另一方面，"一位跨越了通常意识边界的探索者，如果始终不忘他的同胞公民已经熟悉的现实，必须能够转回来向他们汇报"。

一个伟大作家在语言上和在感觉力探索上的重大成就，不仅仅表现在他个人所达到的至高境界，还表现在，他能够"转回来"，向普通人"汇报"和回报：回报给他们更好的语言为他们所使用，回报给他们更宽广的情感和意识为他们所感知，拓展他们精神的边界。

什么是伟大作家？有的作家，在语言和感觉力上因为天才而发展出一种个人特有的风格，这种天才只能为他个人所享用，而对后来的人没有多大用处，这还算不上但丁和莎士比亚意义上的伟大作家。伟大作家有能力转身回报，不仅回报给他所从事的文学和这个领域中的后来者，而且回报给他的民族中的普通人以及普通人的后代，这是最重要的标志，也是最难企及的顶峰。

二〇一二年九月十七日

T. S. 艾略特与几代中国人

一

一九二八年六月，上海出版的《新月》第一卷第四期发表了一首题为《西窗（*In imitation of T. S. Eliot*）》的诗，作者署名仙鹤。这只仙鹤正是《新月》的核心人物徐志摩。他在自己创办的这份刊物上，文章、诗和译作，数量甚多，要么署徐志摩，要么署志摩，偏偏这首诗用了这么陌生的一个名字。我们无法还原诗人当时微妙的心理活动，但不妨做一个有趣——

当然，一定也有人认为是无聊——的猜想：署名和诗题之间，或许存在一种"反向"的关系。诗题引人瞩目，关注点在特意的英文标示，"仿 T. S. 艾略特"；署名遮掩，不让读者一眼就看到是大名鼎鼎的"诗哲"所为。

有意思的还有，徐志摩一九三一年由新月书店出版《猛虎集》，编入《西窗》，却删掉了"*In imitation of T. S. Eliot*"。至少从我们正在谈论的话题而言，被删掉的正是最有说头的部分。

《西窗》不是徐志摩流行风格的作品，它的异样归功或归咎于诗人有意识的"模仿"。诗的最后三行：

> 这是谁说的："拿手擦擦你的嘴，
> 这人间世在洪荒中不住的转，
> 像老妇人在空地里捡可以当柴烧的材料？"

如果熟悉 T. S. 艾略特的诗，你会知道"这是谁说的"。一九一七年的《序曲》(*Preludes*)，最后一段是：

Wipe your hand across your mouth, and laugh;
The worlds revolve like ancient women
Gathering fuel in vacant lots.

我们可以从后来的穆旦那里，读到更准确的翻译：

用手抹一抹嘴巴而大笑吧；
众多世界旋转着好似老妇人
在空旷的荒地捡拾煤渣。[1]

比起徐志摩诸多名篇的风靡，《西窗》实在是受冷落的。不过，至少有一个将来的重要诗人——卞之琳——关注了它，而且关注点也正是徐志摩的"模仿"实验。很多年之后，卞之琳还多次提及此事，虽然在他看来，这个实验是失败的。他说，"一点也不

1.《穆旦译文集》第四卷，人民文学出版社2005年版，359页。

像"[1];因为徐志摩"始终没有脱出十九世纪英国的浪漫派","实际上他的 sensibility 不是艾略特的 modern sensibility,写得很不一样。"[2]

"浪漫"的徐志摩不够"现代",也许正因为这个一般的、普及的印象,他对现代主义文学的敏感和涉猎才让人惊讶,倘若注意到诗人被忽略的这一面的话。徐志摩还向他的好朋友胡适推荐 T. S. 艾略特,以及詹姆斯·乔伊斯、E. E. 卡明斯。这位中国新诗建立初期"最大的功臣",会有什么样的反应?也许我们有这样的好奇心。碰巧这样的好奇心能得到满足,因为胡适自己生动记录了两个人之间的分歧式"互动"。

一九三一年三月五日,胡适日记:

> 晚上与志摩谈。他拿 T. S. Eliot 的一本诗集给

---

1. 卞之琳:《〈徐志摩选集〉序》,《卞之琳文集》中卷,安徽教育出版社 2002 年版,321 页。
2. 《八个问题的回答及其他:卞之琳访谈》,访问者:三木直大,《新诗评论》总第二十二辑,北京大学出版社 2018 年版,269 页。

我读，我读了几首，如 The Hollow Men 等，丝毫不懂得，并且不觉得是诗。志摩又拿 Joyce 等人的东西给我看，我更不懂。又看了 E. E. Cummings 的 is 5，连志摩也承认不很懂得了。……

志摩说，这些新诗人有些经验是我们没有的，所以我们不能用平常标准来评判他们的作品。我想，他们也许有他们的特殊经验，到底他们不曾把他们的经验写出来。

志摩历举现代名人之推许 T. S. Eliot，终不能叫我心服。我对他说："不要忘了，小脚可以受一千年的人们的赞美，八股可以笼罩五百年的士大夫的心思！"

孔二先生说：知之为知之，不知为不知，是知也。这是不可磨灭的格言，可以防身。[1]

1.《胡适全集》第三十二卷，安徽教育出版社 2003 年版，75—76 页。

说来有意思，反对新文学的人反倒不像胡适这么"防身"：《学衡》派的吴宓，对 T. S. 艾略特，颇有亲近之处。比胡适这则日记略早一个多月，吴宓短暂欧游期间，在伦敦拜访了这位哈佛校友，一九三一年一月二十日日记："1—3 访 T. S. Eliot（仍见其女书记，伤其美而作工，未嫁），邀宓步至附近之 Cosmo Hotel 午餐，谈。Eliot 君自言与白璧德师主张相去较近，而与 G. K. Chesterton 较远。但以公布发表之文章观之，则似若适得其反云。又为书名片，介绍宓见英、法文士多人，不赘记。"[1]

一九三六到一九三七年，吴宓在清华大学外文系和北平女子文理学院开设《文学与人生》课，保存下来的讲义提纲里，多处出现 T. S. Eliot。在讲"文学与人生之关系"时，有一组例子，列的是"From Sterne, to Marcel Proust, James Joyce, Virginia Woolf, Gertrude

---

1.《吴宓日记》第五册，三联书店 1998 年版，169—170 页。

Stein, T. S. Eliot"——如果单独看这份名单,普鲁斯特,乔伊斯,伍尔夫,斯泰因,艾略特,你也许会恍惚,吴宓是在讲现代主义文学吗?这可与安在他身上的保守印象,相去甚远。在这册讲义提纲的附录部分,还有一处列 T. S. 艾略特的批评文集 *The Sacred Wood*(《圣木》),特别摘引了《传统与个人才能》和《但丁》两篇文章。[1]

二

倘若你以为那个年代"幼稚"的汉语新诗,一定不会出现 T. S. 艾略特式的创作,那就是一般推论了;实际情况的发生,时常并不理会一般推论。一九三〇年间,孙大雨在纽约、俄亥俄的哥伦布和回到中国初期的日子里,雄心勃勃地写出将近四百行长诗《自

---

1. 吴宓:《文学与人生》,清华大学出版社 1993 年版,17—18 页,191—192 页。

己的写照》，三个部分，分别发表于上海新月书店发行的《诗刊》一九三一年四月第二期、十月第三期和一九三五年十一月八日的天津《大公报·文艺》。虽然没有完成原计划的一千余行，但已经非同凡响。徐志摩、陈梦家、梁宗岱等几位诗人很是激动，徐志摩在《诗刊》第二期的《前言》里说："第一他的概念先就阔大，用整个纽约的城的风光形态来托出一个现代人的错综的意识……单看这起势，作者的笔力的雄浑与气魄的莽苍已足使我们浅尝者惊讶。"陈梦家编《新月诗选》，一九三一年九月新月书店出版，《序言》中论及《自己的写照》，几乎重复了徐志摩的赞叹，称它是"精心结构的惊人的长诗，是最近新诗中一件可以纪念的创造。他有阔大的概念从整个的纽约城的严密深切的观感中，托出一个现代人错综的意识。新的词藻、新的想象与那雄浑的气魄，都是给人惊讶的"。

惊讶的另一面，也即意味着这首诗出现得突然，徐志摩和陈梦家尚且如此感受，对于一九三〇年代初的中国诗坛来说,还没有充分准备好接受和理解这样令人不知所措的创作,也无足深怪。奇异的是此后,有漫长的时间,有层出不穷的文学史叙述,这首诗却鲜被提及,差不多可以说是湮没了。

一九九九年,我的老师李振声撰文《孙大雨〈自己的写照〉钩沉》——"钩沉",针对的就是长久无闻的命运:"长诗的真正主角,便是现代文明的巨子,庞杂而畸形的纽约城。下坠的堕落与向上的活力、罪孽与救度、排斥与迷惑,各种相异的力量,在诗中神奇地彼此缠绕。……它那赋予混乱的世界以一种秩序的气度,以及笼络、驾驭、吞吐、消化现代都市的雄健精力,这方面能与之相匹俦者,却是至今依然罕见其人。"长诗第一部分描述纽约日常情景,"抒写者似乎在力图暗示,现代世界真正的奇异和神秘不在别处,而就深藏活跃在日常情景之中。……诗行的推进,是对飞驰在黑暗中的地铁节奏的模拟……'大站到了,大站到了'的地铁催促声,不由使人联想起艾略特《荒原》中的'时间到了,请赶快/时间到了,请赶快',二者异曲同工,泄露出川流不息的知觉所意识到的现代时间带给生命的压抑和紧张。在这个疯狂运转的都市里,人的地位已被悬置。"[1]

T. S. 艾略特后来说他从波德莱尔那里得益,主要在于这样的启发:"他写了当代大都市里诸种卑污的景象,卑污的现实与变化无常的幻境可以合二为一,如实道来与异想天开可以并列。"[2] 孙大雨从 T. S. 艾略特那里得益,差不多也可以这样描述。当然,孙大雨不只是从 T. S. 艾略特一个人得到启发;我们感受到一个年轻的中国诗人对英美现代主义诗歌的强烈回应,但这么说,我猜想诗人未必高兴,他的野心要大得多。孙大雨晚年,提起这首《自己的写照》,说"它的题目和它所咏的现象之间的哲理方面的关键",是笛卡尔的一

---

1. 李振声:《孙大雨〈自己的写照〉钩沉》,《诗心不会老去》,复旦大学出版社 2016 年版,293—294 页。
2. T. S. 艾略特:《但丁于我的意义》,陆建德译,《批评批评家:艾略特文集·论文》,陆建德主编,上海译文出版社 2012 年版,153 页。

句妙谛:"我思维,故我存在。""思维的初级阶段是耳闻、目睹的种种感受,即意识,用凝思和想象深入、探微、扩大、张扬而悠远之,便由遐思而变成纵贯古今,念及人生、种族与历史的大壁画和天际的云霞。这样写法我不知西方有哪一位现代诗人曾企图写作过。"话到这种程度,既见抱负,也见性格,从年轻到暮年,未尝改变。而说到这首诗的遭遇,孙大雨更是意气难平:"五十多年前发表它的片段时,能领略以及欣赏它的人恐怕只有三五人。有人因为茫然不懂它,讥之为'炒杂烩'。我敢帚自珍,愧惜他炒不出这样的杂烩。"[1]

三

一九三一年徐志摩在北京大学上英诗课,讲浪漫主义,特别是雪莱,底下一个学生卞之琳听的感觉是,

---

[1]. 孙大雨:《我与诗》,《新民晚报》1989年2月21日。

天马行空，天花乱坠。徐志摩不幸飞机遇难，代替这门课的叶公超别开生面，大讲现代主义诗歌。卞之琳回忆学诗历程，"是叶师第一个使我重开了新眼界"，"后来他特嘱我为《学文》创刊号专译托·斯·艾略特著名论文《传统与个人的才能》，亲自为我校订，为我译出文前一句拉丁文 motto，这不仅多少影响了我自己在三十年代的诗风，而且大致对三四十年代一部分较能经得起时间考验的新诗篇的产生起过一定的作用。"[1]

卞之琳诗思、诗风的复杂化，见于他自己所划分的前期的中、后两个阶段，即从一九三三年到一九三七年抗战前，这一时期的创作代表了他写诗的最高成就。他自己说："写《荒原》以及其前短作的托·斯·艾略特对于我前期中间阶段的写法不无关系。"[2]简要说来，表现为与当时新诗通常的写作方式非常不

---

1. 卞之琳：《赤子心与自我戏剧化：追念叶公超》，《卞之琳文集》中卷，187页，188页。
2. 卞之琳：《〈雕虫纪历〉自序》，《雕虫纪历》(增订版)，人民文学出版社1984年第二版，16页。

一样的地方：

  一个方面是，设置"戏剧性处境"，做"非个人化"处理，这正合卞之琳规避和隐藏自我表达的性格，也为他的自我表达提供了路径。他晚年曾向访问者解释，T. S. 艾略特的"理论是主张尽量 impersonal，就是摆脱个人。我是比较客观的，我也是这样，倾向于精简。虽然我写的诗有一些是关于自己的，但尽可能想摆脱个人"。"我的戏剧性，就是感到的东西，在一种情境中，英文叫 situation、dramatic situation，诗里面的我不一定是我。就是设想有一个客观的人，处在某一种境界里边，他在里边不管怎么样，说话、抒情，这个东西是放在一种情境里面的。……尽可能不把自己放在里边去，即使放到里边去，我也把它客观化，比如说，我也是一个剧中人，这样子写，而不是真人真事。"[1]

  与此相联的另一方面，是"智性"（intellectuality）、

---

[1].《八个问题的回答及其他：卞之琳访谈》，访问者：三木直大，《新诗评论》总第二十二辑，北京大学出版社 2018 年版，267—268 页。

"机智"(wit)的运思。更年轻的诗人穆旦评论《鱼目集》,说:"在二十世纪的英美诗坛上,自从为艾略特(T. S. Eliot)所带来的,一阵十七、十八世纪的风吹掠过以后,仿佛以机智(wit)来写诗的风气就特别盛行起来。""把同样的种子移植到中国来,第一个值得提起的,自然就是《鱼目集》的作者卞之琳先生。《鱼目集》第一辑和第五辑里的有些诗,无疑地,是给诗运的短短路程上立了一块碑石。自五四以来的抒情成分,到《鱼目集》作者的手下才真正消失了,因为我们所生活着的土地本不是草长花开牧歌飘散的原野,而是:'灰色的天。灰色的海。灰色的路。'"[1]

赵萝蕤也是在课堂上对 T. S. 艾略特发生兴趣的。她在清华大学外国文学研究所读研究生,听过美籍教授温德详细地讲解《荒原》,一九三五年试译《荒原》

---

1. 穆旦:《〈慰劳信集〉——从〈鱼目集〉说起》,《穆旦诗文集》第二卷,人民文学出版社 2006 年版,53 页。

的第一节。一九三六年底，在上海的戴望舒听说此事，就约她把全诗译出。一九三七年"卢沟桥事变"前一个月，赵萝蕤在北平收到由上海新诗社出版的样书。这本书计印行简装三百本，豪华五十本。

赵萝蕤请叶公超写了一篇序，序以《再论艾略特的诗》为题发表于一九三七年四月五日《北平晨报·文艺》，其中有言："他的影响之大竟令人感觉，也许将来他的诗本身的价值还不及他的影响的价值呢。"所以是"再论"，因为三年前，叶公超就写过一篇相当深入的文章，题为《爱略忒的诗》，刊于一九三四年四月出版的《清华学报》第九卷第二期。徐志摩曾经半开玩笑地称叶公超是"一个 T. S. 艾略特的信徒"，而叶公超自己，晚年也不无得意地回忆，早年在英国时，"常和他见面，跟他很熟。大概第一个介绍艾氏的诗与诗论给中国的，就是我。"[1]

---

1. 叶公超:《文学·艺术·永不退休》,《叶公超批评文集》, 陈子善编, 珠海出版社1998年版, 266页。

一九四〇年,赵萝蕤在昆明,应宗白华之约,为重庆《时事新报》"学灯"版撰文《艾略特与〈荒原〉》,有这样清醒的自问:"我为什么要译这首冗长艰难而晦涩的怪诗?为什么我对于艾略特最初就生了好奇的心?"她的回答是,艾略特和前人不同,"但是单是不同,还不足以使我好奇到肯下苦功夫,乃是使我感觉到这种不同不但有其本身上的重要意义,而且使我大大地感触到我们中国新诗的过去和将来的境遇和盼望。正如一个垂危的病夫在懊丧、懈怠、皮骨黄瘦、色情秽念趋于灭亡之时,看见了一个健壮英明而坚实的青年一样。"她急切地点明:"艾略特的处境和我们近数十年来新诗的处境颇有略同之处。"接着历数艾略特之前的诗人诗作,用"浮滑虚空"四个字直陈其弊病。赵萝蕤身受"切肤之痛",在这篇文章的末尾两段,她迫切要表达的其实正是中国的现实情境和对于中国新诗再生的呼唤:"《荒原》究竟是怎么回事,艾略特究竟在混说些什么?这是一片大的人类物质的精神的大荒原。其中的男女正在烈火中受种种不堪的磨练，全诗的最末一节不妨是诗人热切的盼望'要把他放在烈火里烧炼他们'，也许我们再能变为燕子，无边的平安再来照顾我们。""我翻译《荒原》曾有一种类似的盼望：我们生活在一个不平常的大时代里，这其中的喜怒哀乐，失望与盼望，悲观与信仰，能有谁将活的语言来一泻数百年来我们这民族的灵魂里至痛至深的创伤与不变不屈的信心。因此我在译这首艰难而冗长的长诗时，时时为这种盼望所鼓舞，愿他早与读者相见。"[1]

一九四六年七月，陈梦家在哈佛大学会见了回美国探亲的T. S.艾略特，打电报给在芝加哥大学读博士的妻子赵萝蕤东行与艾略特见面。七月九日晚，T. S.艾略特请赵萝蕤在哈佛俱乐部晚餐，送给她两张签名照片，两本书：《1909—1935诗歌集》和《四个四重奏》，前一本的扉页上，写着："为赵萝蕤签署，感谢她翻译

---

1. 赵萝蕤：《艾略特与〈荒原〉》，《我的读书生涯》，北京大学出版社1996年版，7页、8页、18页。

了《荒原》。"晚餐后,T. S. 艾略特为赵萝蕤朗读了《四个四重奏》的片段。他希望她能翻译这首诗。"在我们交谈之际,我十分留意察看这位学问十分渊博诗艺又确实精湛的奇人,他高高瘦瘦的个子,腰背微驼,声音不是清亮而是相当低沉,神色不是安详而似乎稍稍有些紧张,好像前面还有什么不能预测的东西。那年他五十八岁。"

——赵萝蕤也不能预测的是,她"此后度过了忙碌的与艾略特的世界毫不相干的三十多年时光"。[1]

四

从赵萝蕤和卞之琳各自初始接触现代主义作品、接受其影响从而进行研究、翻译或创作的经验,我们多少可以遥想当时清华和北大讲授西洋近现代文学的

---

1. 赵萝蕤:《我与艾略特》,《我的读书生涯》,242—243 页。

情形。后来，这样的情形就渐成气候，它把尚嫌孤立、微弱的个人经验连接起来，唤起一群青年互相呼应的现代感受和文学表达。这一时期，就是这两所学校和南开大学合并而成的西南联大时期，在讲授传播西方现代主义文学方面，特别应该提到英籍讲师燕卜荪的"当代英诗课"。

当年的学生王佐良回忆，燕卜荪讲课，"只是阐释词句，就诗论诗，而很少像一些学院派大师那样溯源流，论影响，几乎完全不征引任何第二手的批评见解。"这样做的结果，就逼迫他的学生们"不得不集中精力阅读原诗。许多诗很不好懂，但是认真阅读原诗，而且是在那样一位知内情，有慧眼的向导的指引之下，总使我们对于英国现代派诗和现代派诗人所推崇的十七世纪英国诗剧和玄学派诗等等有了新的认识"。[1] 联大的青年诗人们，"跟着燕卜荪读艾略特的《普鲁弗洛克》，

---

1. 王佐良：《怀燕卜荪先生》，《语言之间的恩怨》，天津人民出版社1998年版，107页。

读奥登的《西班牙》和写于中国战场的十四行,又读狄仑·托玛斯的'神启式'诗,他们的眼睛打开了——原来可以有这样的新题材和新写法!"[1] "当时我们都喜欢艾略特——除了《荒原》等诗,他的文论和他所主编的《标准》季刊也对我们有影响。"[2] 周珏良也回忆道:"记得我们两人(另一人指穆旦——引者)都喜欢叶芝的诗,他当时的创作很受叶芝的影响。我也记得我们从燕卜荪先生处借到威尔逊(Edmund Wilson)的《爱克斯尔的城堡》和艾略特的文集《圣木》(*The Sacred Wood*),才知道什么叫现代派,大开眼界,时常一起谈论。他特别对艾略特著名文章《传统和个人才能》有兴趣,很推崇里面表现的思想。当时他的诗创作已表现出现代派的影响。"[3] 王佐良一九四六年为评介他的同

---

1. 王佐良:《谈穆旦的诗》,《中楼集》,辽宁教育出版社1995年版,183页。
2. 王佐良:《穆旦的由来与归宿》,《王佐良文集》,外语教学与研究出版社1997年版,466页。
3. 周珏良:《穆旦的诗和译诗》,《一个民族已经起来》,江苏人民出版社1987年版,20页。

学穆旦的诗歌创作而写英文文章《一个中国诗人》，其中深切而动人地描述了初始接触现代主义文学时青年人那种特有的兴奋和沉迷："这些联大的年青诗人们并没有白读了他们的艾略特与奥登。也许西方会吃惊地感到它对于文化东方的无知，以及这无知的可耻，当我们告诉它，如何地带着怎样的狂热，以怎样梦寐的眼睛，有人在遥远的中国读着这两个诗人。在许多下午，饮着普通的中国茶，置身于乡下来的农民和小商人的嘈杂之中，这些年青作家迫切地热烈地讨论着技术的细节。高声的辩论有时伸入夜晚：那时候，他们离开小茶馆，而围着校园一圈又一圈地激动地不知休止地走着。"[1]

西方现代诗击中了这群青年人在动荡混乱的现实中所感受的切肤之痛，并且磨砺着他们对于当下现实的敏感，启发着他们把压抑着、郁积着的现实感受充分、

---

1. 王佐良：《一个中国诗人》，此文原载英国伦敦 *Life and Letters*，1946年6月号，后刊北平《文学杂志》，1947年8月号。

深刻地表达出来。也许可以这样说，对于那些青年诗人来说，真实发生的情形并不是西方现代主义手法和中国现实内容的"结合"，却可能是这样的过程：他们在新诗创作上求变的心理和对于中国自身现实的个人感受，在艾略特、奥登等西方现代诗人那里获得了出乎意料的认同，进一步，那些西方现代主义诗歌使得他们本来已有的对于现实的观察和感受更加深入和丰富起来，简而言之，西方现代主义诗歌使他们的现实感更加强化，而不是削弱；同时，西方现代主义诗歌自然地包含着把现实感向文学转化的方式，从而引发出他们自己的诗歌创作。

这群人当中最杰出的代表，就是穆旦。王佐良在《一个中国诗人》中说："最好的英国诗人就在穆旦的手指尖上，但他没有模仿，而且从来不借别人的声音歌唱。"他以"非中国"的形式和品质，表达的却是中国自身的现实和痛苦，他"最善于表达中国知识分子的受折磨又折磨人的心情"。这种奇异的对照构成了穆旦的"真正的谜"。

一九七〇年代中期，穆旦与一个学诗的青年的通信，解释自己年轻时候的创作，说过这样的话：

> 其中没有"风花雪月"，不用陈旧的形象或浪漫而模糊的意境来写它，而是用了"非诗意的"辞句写成诗。这种诗的难处，就是它没有现成的材料使用，每一首诗的思想，都得要作者去现找一种形象来表达；这样表达出的思想，比较新鲜而刺人。[1]

"非诗意的"这几个字大有讲究。"非诗意的"辞句，从根本上讲，是源于自身经验的"非诗意"性。诗人在转达和呈现种种"非诗意的"现实经验的时候，是"没有现成的材料"可以使用的，正是在这样的地方，要求现代诗的发现和创造。穆旦说："诗应该写出'发现

---

[1]. 穆旦：《致郭保卫》，《穆旦诗文集》第二卷，人民文学出版社2016年版，190页。

底惊异'。"把穆旦的这段话和T. S.艾略特一九五〇年一次演讲里的一段话相对照，会惊讶于两个人之间如此相通：

> 新诗的源头可以在以往被认为不可能的、荒芜的、绝无诗意可言的事物里找到；我实际上认识到诗人的任务就是从未曾开发的、缺乏诗意的资源里创作诗歌，诗人的职业要求他把缺乏诗意的东西变成诗。[1]

一九四九年，穆旦在经历了大学毕业后九年的各种生活之后，赴芝加哥大学读英文系研究生。我曾经特意在芝大查找并复印了穆旦的成绩单，看到成绩单上排在最前面的那门选课，我笑了：T. S. ELIOT。

一九五三年回国之后，穆旦当然不能再研读和

---

1. T. S. 艾略特：《但丁于我的意义》，《批评批评家：艾略特文集·论文》陆建德译，上海译文出版社2012年版，153页。

创作现代派的诗歌，他变成了一个翻译家，以查良铮的本名翻译雪莱、拜伦，特别是从俄语翻译普希金。但在生命的最后几年，大概从一九七三年开始，他偷偷翻译青年时代喜爱的现代诗，主要是T. S.艾略特和奥登，留下一部译稿《英国现代诗选》，迟至一九八五年才由湖南人民出版社出版。穆旦辞世前一年，一九七六年，又偷偷创作起诗来，恢复成一个诗人。我有时会想，穆旦晚年诗歌创作的迸发，也许就和他翻译现代诗有着隐秘的关联，翻译启动和刺激起了他重新写作的热情。当然，在经历了那么多磨难之后，晚年的穆旦所理解的T. S.艾略特，晚年的穆旦所写的诗，已经和青年时代不同了。

五

一九五〇年，曾经在西南联大和北大任教过的夏济安短暂栖身香港，写了一首诗，就叫《香港》，却因为不自信，锁在箱子里。时隔八年，陈世骧从美国来台湾大学讲学，演讲《时间与节律在中国诗中之示意作用》过程中，引《荒原》中的三行讲它的节律，不意使夏济安想起自己的诗。他这才拿出来，发表在他主编的《文学杂志》第四卷第六期，题目改为《香港——一九五〇》，并特意加上一个副标题："仿 T. S. Eliot 的 *Waste Land*"。

这首诗四十四行，夏济安却写了篇约五千字的后记，对自己的作品详加解释。他说："我是存心效学艾略忒的。"得到的启示主要在于，两种不同节律的对比运用：诗的传统节律和几乎毫不带诗意的现代人口语的节律。"我的那首《香港》所以自称是模仿《荒原》，也因为在节律的运用上是得到艾略忒的启示。"

此外就是，动荡时世避居香港的上海人，是把香港看成"荒岛"的，可以模仿《荒原》来表现一般上海人在香港的苦闷心理。

还有突出的一点，这首诗的"戏剧性"或称"叙事性"

成分远远超过"抒情性"。这里面有故事脉络，说的是一个商人避难而来，开头日子尚可，后来经商不利，茫茫然不知如何是好。这样的"戏剧性"意在出脱一般"抒情"的自我中心，当然有诗风上的针对性。"一般写诗的人只是对他们'自己'的情感发生兴趣而已。"

同期杂志还有陈世骧专门写的一篇《关于传统·创作·模仿》，说《香港——一九五〇》"所仿到的，似乎绝不是《荒原》之本身，而是《荒原》背后的诗的传统意识之应用与活用"。"用了中国旧诗的一些传统音节与字汇，加上流行歌调，以至日常家常白话，力使其无隔阂的融汇起来，从一些旧有的，不大相属的传统支流，可说由化学式的配合吧，求其得到一种新的诗的语言。"陈世骧称这是一首相当重要的诗，"其重要性在于其为一位研究文艺批评的人有特别意识的一首创作"，"明显的方法意识，在我们这一切价值标准都浮游不定的时代，总是需要的"。

《文学杂志》的大本营是台大外文系，从一九五六年到一九六〇年对现代主义文学的介绍大大启发了当年外文系的学子们,从中成长起一代作家和文学学者,早已书写进台湾文学的历史。一九六四年,白先勇尝试以意识流的方法叙述香港这座"荒岛",题为《香港——一九六〇》,以小说的形式向他的老师夏济安的诗作致敬,隐含着的对话文本是《香港——一九五〇》,那么也就不能不和《香港——一九五〇》对话的《荒原》发生又一层对话关系。师生二人作品的关联,环环相扣,其中有《荒原》这个重要的环节。

六

一九七〇年代末期,随着时代的巨大变化,西方现代主义文学逐渐"解禁"——在此之前大约三十年的时间,它在中国大陆几乎销声匿迹;说"几乎",而没有完全绝迹,是因为有一种"内部发行"的出版物。T. S. 艾略特也有一本,那是一九六二年上海文艺出版社"内部发行"的《托·斯·艾略特论文选》，周煦良等译。

到一九八〇年代，对于现代主义文学的热情喷涌而出，这既是对过往时期难以接触的补偿，同时也因为这个过往时期使得现代主义变得容易理解、甚至感同身受。

上海文艺出版社出版《外国现代派作品选》，一九八〇年第一册、一九八一年第二册、一九八四年第三册、一九八五年第四册，每册都是上下两本，风行一时，特别是在年轻读者当中，造成极大而持续的影响，有人甚至称之为"启蒙之书"。第一册上本，袁可嘉选T. S.艾略特两首诗：查良铮翻译的《阿尔弗瑞德·普鲁弗洛克的情歌》，赵萝蕤对旧译加以修订的《荒原》。当时急切的年轻一代读者，也许还不能意识到，来自过去时代的这两个译者和他们的译文，其实隐含着一条从三十年代、四十年代，经过"文革"，到八十年代以来的T. S.艾略特在中国的线路。

新的译者和译作也在不断出现,其中,裘小龙译《四个四重奏》,一本相对全面的诗选,出版于一九八五年,是漓江出版社获"诺贝尔文学奖作家丛书"的一种,这套丛书本来整体上就很受关注,这本诗集又是其中的突出者。裘小龙,这位曾经师从卞之琳攻读现代主义诗歌并开始译诗的诗人、后来留美以英语写作"陈探长系列"的小说家,前不久修订译诗,前言里不忘说一句:"说到底,是在二十世纪八十年代初,在艾略特诗选《四个四重奏》的翻译中,我第一次看到了自己'非个人化'写作的可能性。"[1]

如饥似渴的状态不可能一直持续,约略地说,九十年代以来,到二十一世纪的今天,对 T. S. 艾略特的翻译、研究和阅读处于正常的状态。二〇一二年,上海译文出版社出版陆建德主编的《艾略特文集》,包括诗歌、戏剧、论文,共六卷,精选各家译文,是目前规

---

1. 裘小龙:《〈四个四重奏〉修订前言》,《四个四重奏:艾略特诗选》,译林出版社 2017 年版,1 页。

模最为完整的中文译作集。最近的一件事,二〇一九年,上海文艺出版社出版林德尔·戈登的《T. S. 艾略特传:不完美的一生》(*The Imperfect Life of T. S. Eliot*),许小凡译,引起一小部分读者的特殊兴趣——这部传记上市不久就加印,可见这一小部分读者也不是特别少。

关于 T. S. 艾略特与几代中国人的"故事",就讲到这里。似乎没有必要说明,这不是讨论这位诗人和批评家在中国的论文,这方面的研究既有不少文章,也有专门的著作。二〇一八年,上海图书馆举办了一个展览:"文苑英华——来自大英图书馆的珍宝",展出五位英国作家的手稿,其中包括 T. S. 艾略特的几封信件和一篇诗作草稿。参观者如果留意同时展出的中国在翻译、介绍、评论和研究 T. S. 艾略特方面的文献资料,会获得丰富而直观的印象。[1]——那些不同年代的刊物、报纸和书,那些泛黄程度不一的纸张,那些

---

1. 参见展览的图录和说明《文苑英华——来自大英图书馆的珍宝》,商务印书馆 2018 年版。

熟悉和不熟悉的名字，聚集，组合，排列，共同参与讲述这样一个文学的"故事"。如果从一九二三年八月二十七日《时事新报》副刊《文学》发表的简讯《几个消息》——作者玄，是茅盾——第一次提到 T. S. Eliot 的名字算起，这个文学的"故事"已经讲述了将近一百年。

二〇一九年五月二十五日

讲于东京一桥大学"文学现代主义的接触领域"学术会议

俄国之恋
以赛亚·伯林与安娜·阿赫玛托娃

以赛亚·伯林一九九七年十一月去世后,中国知识界的反应可谓相当引人瞩目,当月的《南方周末》以整版的篇幅发表介绍文章之后,《万象译事》(辽宁教育版)、《公共论丛》(北京三联版)、《书城》(上海三联版)等多种出版物相继刊登专辑或系列文章,对一位思想家的纪念有意无意间与九十年代后期中国社会文化思想的讨论参差辉映。另一方面,这些反应也应该看作是欧美不大不小、温和持续的"伯林热"的回响。去年年末,迈克尔·伊格纳狄耶夫出版了《伯林传》(*Isaiah Berlin : A Life*),传主又成为一时的话题。这部传记的一章曾以《初恋》为题载于一九九八年九月二十八日出版的《纽约客》上,述写伯林和安娜·阿赫玛托娃之间的交往,精彩描绘两人的一夜长谈——伯林成为本世纪最重要的自由的捍卫者,也许可以在与俄罗斯女诗人的彻夜长谈中找到部分的因由。

一

一九四五年九月,三十六岁的牛津大学教师伯林飞往莫斯科,这是他第一次返回故土。伯林始终认为,重返俄国是他一生中最重要的转折点。他出生在里加,是一个犹太木材商的儿子,十月革命期间住在彼得格勒,十一岁随全家移居英国时,还能说一口沙皇时代的俄语。虽然他早就渴望返回故国,却一直忧惧忡忡。他是以华盛顿英国大使馆工作人员的身份来到苏联的,目的是准备一份战后"美—苏—英"三国关系的公文快稿，但他担心苏联会扣留他，再也不让他出去。他对朋友说，如果真发生了这样的事，他就开枪自杀。

到达莫斯科的第一天晚上，他在英国使馆因事举行的晚宴上见到了几个尚且保有人身自由的苏联文化界精英，这些人惊讶地发现，与他们谈话的这位英国官员，不仅说的是流利的俄语，就连他的思维方式，也是地地道道俄罗斯式的。在这些人当中，有著名电影导演爱森斯坦，他不久前因为《恐怖的伊凡》的第二部而遭受斯大林的训斥，斯大林认为这一部分是在影射他本人的统治。爱森斯坦看起来神情紧张，心烦意乱。伯林问他什么时候最快乐，他回答说是二十年代早期，艺术实验还被允许的时候。他无限怀念地回忆起在莫斯科剧院的一个晚上，一群涂抹了油脂的猪被放到观众中去的情景。可是二十年代所有的艺术实验都走到了尽头，因为时势已经发生了巨大的变化。

一九一七年，伯林还不到八岁，在彼得格勒他家的窗口，目睹了反对沙皇的示威游行。等大街上显得安全了，家庭女教师带他出来散步，突然涌出一群人，拖拉着一个惊恐的警察呼啸而过，伯林看见那个警察脸色惨白，无望地挣扎着。显然他难逃一命。

伯林的整个知识分子生涯，其实都可以看作是对苏维埃政治实验和俄国革命后果的清算。三十年代，当他的牛津同龄人陶醉于革命的马克思主义的时候，对这一童年情景的记忆却增强了他内心对暴力革命的恐惧和对政治实验的怀疑。

而一九四五年，在莫斯科的第一个夜晚，伯林就感受到了阴郁、耻辱和恐惧的气氛弥漫在那些幸存者中间。他们从斯大林一九三七年针对知识界的大灭绝中苟活下来。因为战争，灭绝的步伐减慢了，现在战争结束，这些幸存者似乎在试探水温——他们竟敢接受了一个外国使馆的邀请。然而出席那次晚宴的人没有一个知道，即将来临的岁月是会变得好一些呢，还是恐怖回头。

伯林在莫斯科的活动受到了跟踪监视，但他有一两次在芭蕾舞表演幕间休息时避开了秘密警察,去看望他的叔叔列奥。他的叔叔是位营养学教授,温和有趣,绝口不谈政治。可是当伯林说一个大学教授的生活不应该这样坏时,列奥开口问道:"你去过佛罗伦萨吗?你去过威尼斯吗?"伯林点点头,列奥则以辛辣的口吻说道:"我们也想去那里。"

二

九月末一个阳光明媚的下午,伯林乘一段短途火车,来到帕斯捷尔纳克的别墅。帕斯捷尔纳克住在牛津的妹妹托伯林捎来一双靴子。当时五十五岁的诗人脸色黝黑、忧郁、富于表情,他打量着这位外国来访者,显得冷淡而疏远。帕斯捷尔纳克目睹了他大多数的朋友不是被处决就是被送进劳改营,他自己名气太大,还没有动他,可是也已处境不妙,不得不违心行事,委屈求生。一九三六年,党的一些高级领导人受到审判,苏联作家协会呼吁砍掉他们的头颅,十六名作家在请愿书上签名,帕斯捷尔纳克是其中之一,请愿书的标题是:"把他们从地球上消灭掉!"可是伯林对此一无所知,对他来说,帕斯捷尔纳克是专制统治下未被压垮的艺术精英,他是作为一个英雄崇拜者来此乡间别墅的。

也许是那一口流利的旧式俄语赢得了帕斯捷尔纳克的好感,帕斯捷尔纳克开始讲一些事情。他承认战争使他脱离了知识分子的孤立而融入了爱国的奋斗。他到前线巡回朗诵诗歌,有时会卡壳,想不起其中的某一句,每逢这样的时候就会有士兵补上他遗忘的诗句,感动得他流泪。帕斯捷尔纳克慢慢放松了,气氛逐渐融洽。诗人认为战争对俄罗斯灵魂来说是必要的炼狱,伯林却十分怀疑这一看法。可是无论怎么说,这一点是毋庸置疑的:随着战争的结束,帕斯捷尔纳克走到了他艺术生涯的转折点上。他非常信任地向伯林透露,有一个新的计划:写一部反映他这一代人在革命和战争中的命运的长篇小说。

秋末，伯林又在莫斯科帕斯捷尔纳克的居所拜访了他，诗人向他袒露，他对自己被人目为政权的合作者而内心深受折磨，同时也为自己的犹太人身份而苦恼不堪。他渴望被当成一个真正的爱国者，渴望他的作品能够作为俄国人民的真实心声而被接受。可就因为他是一个犹太人，他的这种渴望永远不可能实现。他担心为了求生而扭曲了自己的才华。这种痛苦留给伯林的印象，仿佛他更愿意自己是一个农夫的儿子，生来是亚麻色的头发和蓝眼睛。

十一年之后，一九五六年七月，伯林再次到帕斯捷尔纳克的别墅，诗人交给他一部手稿，并且说他想在西方出版。伯林请他认真考虑这样做的后果，提醒他这将招致磨难乃至牺牲。帕斯捷尔纳克根本不顾伯林的担心和焦虑，只是请求他帮助出版这部手稿。伯林把手稿带回大使馆，通宵阅读。读完后，他知道，帕斯捷尔纳克已经通过这部作品所凝结的高超的艺术成就和政治反抗，克服了一度的身份危机。这部作品就是长篇小说《日瓦戈医生》。

三

一九四五年十一月,伯林得到苏联国际旅行社的认可,从莫斯科前往列宁格勒——他童年时代的彼得格勒。在一个红头发犹太人开的作家书店,伯林和一个随意浏览的顾客攀谈,谈起来才知道,这人原来是批评家弗拉基米尔·奥罗夫。他告诉伯林,两年半的围困给这座城市造成的灾难是难以想象的,这期间出生的婴儿几乎全死了,他能够活下来还是靠了对知识分子的特殊配给政策。伯林问他这里作家的遭遇。他提到两个人——左琴科和阿赫玛托娃,尽管政权迫使他们沉默无声,却还把他们当成民族的珍宝。一九四一年秋季德军包围城市之后,党的领导人安排这两位作家飞越德国阵线,先到莫斯科,又从那里转往塔什干。一九四四年,他们返回列宁格勒。巧的是,左琴科当时正坐在书店里，看上去苍白、虚弱、瘦削，伯林和他握了握手，却并不想和他交谈。

伯林问阿赫玛托娃是否还活着，奥罗夫回答："当然还活着。她就住在离这儿不远的地方。你想见见她吗？"伯林听到这话，觉得这简直是在邀请自己去见一个非现实中的神奇人物。奥罗夫打了个电话，告诉伯林说，诗人将在当天下午三点等他们。

那天下午要去见阿赫玛托娃的伯林，忽然意识到自己形貌平平，缺乏吸引力，甚至丑陋难看，而且自己不过是个牛津教师——他总是这样低调地看待自己。其实他在牛津早已以出众的才能赢得了不凡的声誉，他卓越的口才更是令朋友们欣羡不已，谁都想模仿却没有一个模仿得成功。他的声誉还使他进入了女作家弗吉尼亚·伍尔夫的布鲁姆斯伯利（Bloomsbury）的圈子，伍尔夫听他谈话，听得出神入迷。从一九三七年起，伯林的房间就成了一群年轻思想家的聚集地，正是这群人创建了牛津的分析哲学，成为四十年代中期到六十年代英美最有影响的哲学思潮。伯林对逻辑实证主义的创立贡献不少，但他的兴趣逐渐转向思想史。大战前夕他出版了马克思传，虽然他很不喜欢马克思的思想，却并不妨碍他尝试着去理解一种和他自己完全不同的性格和气质。

在激情参与的时代，伯林认为自己是一个游离的自由主义者。他发现了赫尔岑的著作，赫尔岑的回忆录是他最喜欢的书，可是他也分明感觉到，自己缺乏赫尔岑那种政治参与的勇气和政治参与的程度。在个人事情方面，他也同样缺少参与精神，而自得自乐于做一名旁观者。他的诗人朋友斯蒂芬·斯班德曾经写道，伯林"相信他自己超然于驱使其他人的激情之外，这强化了他对别人生活的兴趣"。他的另一个朋友萨莉·格雷福斯，一位追求者甚众的漂亮女性，有一次非常无精打采地对他说："为什么有的人就是意识不到，人是有欲望的呢？"伯林害怕欲望，然而他坚持认为自己并不仅仅是个没有血性的旁观者。不过问题是，他什么时候会把自己投入到感情和政治的纷乱之中，而不仅仅满足于观看他人的表现呢？

大战期间他离开牛津前往纽约，为英国情报机构工作。珍珠港事件后，他到华盛顿，为外交部门撰写关于美国政治观点的每周快报，这些公文快稿为他在英国的上层人物中间赢得声名，丘吉尔说它们写得热情洋溢，也许过于生动活泼了点儿，却有不可抗拒的吸引力。在美期间，他和一个叫道格拉斯的英国贵族姑娘保持着长久的、令人陶醉的感情关系。

伯林早就应该走进现实世界了，但他始终在成年的边界旁徘徊逗留，不论是在感情上还是在理智上，都未能跨出这一步。然而，与阿赫玛托娃的会面改变了这一切。

四

阿赫玛托娃住在喷泉宫，一座十八世纪的宫殿，三层楼房，其中有她一个房间，看得见庭院。房间空荡荡的，连窗帘也没挂，只有一张小桌子，三四把椅子，一只木头箱，一个沙发，火炉上方是一张阿赫玛托娃的画像：她斜靠在长条椅上，低着头。这是她一九一一年去巴黎时她的朋友莫迪利阿尼画的素描，也是她三十四年前欧洲生活的唯一一件纪念物。现在，在这个十一月的下午，她戴着白色披巾，站起来迎接来自那块大陆的第一个访客。以赛亚鞠躬为礼。他后来写道："这是恰如其分的，因为她看起来就像一个悲剧女皇。"

阿赫玛托娃比伯林长二十岁，年轻时风华绝代，而与伯林相见时已结了两次婚，穿着破旧，黑眼睛下有浓重的阴影，却依然仪态高贵，神情沉静尊严。伯林知道她是革命前的诗人圈子阿克梅主义者中杰出、漂亮的人物，还知道彼得格勒战争期间的先锋派在"迷路的狗"酒馆聚会，朗诵她的诗。其他的情况，他几乎就一无所知了。

对阿赫玛托娃来说，恐怖不是始于一九三七年，早在一九二一年就如影随形了。那一年她的第一个丈夫、诗人尼古拉·古米廖夫被处决，罪名是参与反对列宁的阴谋活动。一九二五到一九四〇年，她一行诗也不能发表。恐怖封住了周围人的嘴巴，她自己在绝望中写作，三十年代后期至四十年代前期创作的组诗《安魂曲》，铭记了一代人在斯大林镇压之下的磨难。

战时撤往塔什干期间，她获准出版一册《诗选》，并在医院为伤员朗诵。一九四四年五月，允许她返回列宁格勒，途中她在莫斯科停留，做了一次朗诵，结束时观众起立鼓掌欢呼，视她的诗为俄国语言未失光泽、未受玷污的完美化身。斯大林为此事质问苏联文化官僚的头目日丹诺夫：是谁组织他们起立欢呼的？

是什么促使她冒险邀请一个英国官员到家里来的？如同帕斯捷尔纳克，她大概也感觉到战后空气有所缓和，她关在监狱里的儿子也释放出来了。不管怎么说，伯林是来自自由世界的访客，用她自己的话说，他从"镜子的另一面"来。

落座后的谈话显得正式、拘谨,两个人讨论伦敦是怎么度过战争的。正说着话,伯林忽然听到有人在外面喊他的名字。他走到窗口,不禁大吃一惊,竟然是兰道夫·丘吉尔——温斯顿·丘吉尔首相的儿子——站在庭院中。伯林只好向诗人道歉,和奥罗夫一同出来,并把这位苏联批评家介绍给这位大人物的儿子。他心里特别沮丧,清楚地知道这样一来,要想不被注意地和阿赫玛托娃会面是不可能了。果然,很快就有谣言传开来,说那个年轻的丘吉尔要在列宁格勒实行一个援救计划,把阿赫玛托娃转移到英国去。事实是,那个像个大学生似的丘吉尔在此地语言不通,他偶然知道伯林在这座城市,就来找这位旧相识,为他一些鸡毛蒜皮的麻烦事做翻译。几个小时之后,伯林才摆脱了他。

他打电话给阿赫玛托娃道歉。"我九点钟等你。"诗人对他说。他再来的时候碰到一个知识女性在场,她问他一些关于英国大学的问题,而阿赫玛托娃沉默不语。等那个女人告辞，已经半夜了。房间里灯光幽暗，她坐在一个角落里，他在另一个角落。仿佛突然之间，他们就像相知甚深的朋友那样交谈起来。在她眼里，他是两种俄国文化之间的使者，这两种文化一种流亡于外，一种摧残于内，被革命一劈两半。她后来在诗里写道，曾经为她所拥有的欧洲文化，生长出绿色的嫩枝，伸展、盘绕进她的喷泉街之家。

对于移居国外的问题，她的回答是明确的：她绝不离开俄国，她的居住之地就是她的人民和她的母语的居住之地。那个夜晚，她再次肯定了自己对母语的受难诗神的命运的担当。伯林从来没有遇见这样一个自我戏剧化的天才，但他同时意识到她所担当的是实实在在的悲剧命运。

他一直在通过天才来确证自己，与弗吉尼亚·伍尔夫、弗洛伊德、维特根斯坦、凯恩斯的相遇具有重要的意义，他们都看出了他的价值。但是这次与阿赫玛托娃的相遇，比以往与任何人的相遇都更加重要，此时此地，与他交谈的是他母语的最伟大的在世诗人，那情形就好像他一直属于她的圈子，她熟悉的每一个人他都熟悉，她读过的每一本书他都读过，她的每一句话、每一层含义他都懂得。

她跟他讲在黑海岸边——"一块异教的、未受施洗的土地"——度过的童年，讲她对于"一种古代的，半希腊、半野蛮的非俄国文化"的终生亲和。他讲在里加的童年故事，讲他在彼得格勒的岁月，他回忆说，当她已经成为非常有名的诗人的时候，他还是个趴在父亲书房的地板上耽读历险故事的孩子，他那时就崇拜她，能够逐字逐句地背诵她整本的诗集。

不一会儿她就背诵起自己的诗，包括尚未完成的《没有主人公的叙事诗》，伯林后来写道，这首诗是对她诗人生活的怀念和记录，是对彼得格勒这座城市的往昔的怀念和记录。当时听着她背诵，他想不到自己也会被写进这部作品——直到一九六二年，阿赫玛托娃才完成修订。在诗中，他是一个神秘人物，一个"来自未来的客人"。

他们在昏暗的房间里分享她唯一可吃的东西——一盘煮熟的马铃薯，充满激情地谈论俄国文学。他分享她对普希金的崇敬，也和她一样厌恶契诃夫笔下脏乎乎的世界，但他不能分享她对陀思妥耶夫斯基的热爱，她也不能理解他喜欢屠格涅夫。这不仅仅是趣味的差异，而且标出了他们感情世界的边界。伯林为屠格涅夫的轻快、精微、冷嘲所吸引，而阿赫玛托娃却强烈地认同陀思妥耶夫斯基对黑暗的内心情感状态的深刻揭示。

伯林在诗人身上也发现了轻蔑、挖苦和些微恶意的一面，这应该看成是更富有幽默感和人情味的表现。她就像一个完美无缺的演员，扮演一个女王般的角色，同时又有足够的智慧和这一角色保持间离的状态，偶尔用嘲弄的眼光打量自己和其他人物。她逗人地讲起帕斯捷尔纳克对她周期性发作的迷恋——二十年代，他常跑来看她，唉声叹气地说没有她他就活不下去，最后只好麻烦他妻子来把他带回家。

她告诉他她现在很孤独,还讲起了过去的爱情——和她被处决的丈夫以及那以后一起生活过的男人。他也告诉她自己在恋爱,虽然没提名字,但显然指的是道格拉斯。阿赫玛托娃听着,没有说话。后来关于伯林和阿赫玛托娃有一些色情的传言,应该为此负责任的倒是阿赫玛托娃自己,她为那一夜写了一组诗,读过的人大概很少有谁会相信他们没有上过床。

事实却是他们没有丝毫的接触。他一直待在房间的一边,而她在另一边。两个人之间经验和期待的错位是具有喜剧性的。伯林自己承认,他缺乏对待异性的基本经验,而阿赫玛托娃却是俄罗斯文化中传说式的充满诱惑的女性。从阿赫玛托娃的诗中,可以看出她为他们的会面涂上了一层神秘的、具有历史意义和情色意味的色彩。而伯林却更为普通平凡的需要所苦,他在那里已经待了六个小时,想去洗手间,可是又担心这样会破坏了如此迷人的气氛,所以就没敢动,吸得瑞士小雪茄的烟头一闪一闪。

两个人的谈话来来回回，时前时后，编织成一条纽带把他们以后的日子联结在一起。她说，所有的诗歌和艺术，都是一种精神怀乡的形式，一种对普遍文化的渴望，正像歌德和施莱格尔所构想的那样，自然、爱、死、绝望和殉难变形为艺术和思想，造就一个没有历史、自身之外一无所有的世界。在伯林的经验里，从来没有像与阿赫玛托娃相处的这一夜那样，与艺术的纯粹王国靠得那么近。

外面已经大亮了，他们听到冻结的雨落下来的声音。伯林精疲力竭，他向阿赫玛托娃告别，吻过她的手，走回住处。看看表，已经是上午十一点。一个等他回来的旅伴听到他一头栽到自己房间的床上时说："我恋爱了，我恋爱了。"

五

六个星期后，伯林的莫斯科之行结束，要返回华盛顿。他特意到列宁格勒看望阿赫玛托娃,阿赫玛托娃送给他几本自己的诗集,每一本都有题签,其中一本的题辞出自《没有主人公的叙事诗》,好像很久以前写下的这些诗句,是他们会面的预言:"没有人敲我的门,只有镜子梦想着镜子,寂静守护着寂静——阿.一九四六年一月四日。"

在芬兰边境,一个苏联海关人员检查伯林的物品,他看到那几本遭受排斥的诗人题签的诗集,严肃地点点头,让伯林过去了。

伯林离去之后,苏联秘密警察趁阿赫玛托娃外出的机会在她家的天花板上装了窃听器,这也许是他们的家常便饭,甚至连留在地板上的一小堆泥灰也懒得清除。帕斯捷尔纳克从莫斯科告诉她一个不祥的传言,说斯大林从日丹诺夫那里听到她与伯林会面,就喊道:"现在我们的修女和英国间谍勾结到一块儿了!"阿赫玛托娃对此报以冷笑。

在列宁格勒的克格勃中心,有三大卷阿赫玛托娃的档案。一九九三年，一名前克格勃特务在莫斯科披露，克格勃曾经强迫一名波兰妇女告发阿赫玛托娃，那时她正在翻译阿赫玛托娃的作品。她向克格勃报告说，英国间谍伯林两次来访阿赫玛托娃，并且声称他爱上了她。然而，即使是在告密者的监视之下，阿赫玛托娃依然表现得忧郁、骄傲、无所畏惧。

一九四六年四月，阿赫玛托娃到莫斯科，和帕斯捷尔纳克一起在圆柱大厅举行了诗歌朗诵。七月，伯林通过大使馆接到帕斯捷尔纳克的信："阿赫玛托娃在这里的时候，三句话不离——你。太戏剧化，太神秘了！"他举例说，阿赫玛托娃在夜间的出租车上，情不自禁地用法语念叨伯林。"最终，她的朋友们都嫉妒起她对你的依恋，缠着我问：鲍里斯·列昂尼德维奇，请给我们描绘一下伯林，他是谁？长得什么样子？听到我的称赞之后，他们的苦恼就真正开始了。"

一九四六年九月四日，阿赫玛托娃被驱逐出作家协会，她的诗集捣成纸浆。可是她的那些崇拜者们，经常悄悄在她家门口留下一束束的鲜花,有时甚至是装着食物的包裹。

从一九四七年到一九四八年,莫斯科英国大使馆的很多人用各种方式减轻伯林对阿赫玛托娃命运的担心,但到一九四八年四月,朋友们告诫他,苏联对外国的畏惧和敌意越来越强烈,任何与阿赫玛托娃的接触都会使她的处境更加危险。接下来的六年,他没有她的消息。

而在这接下来的岁月里,阿赫玛托娃一九四五年秋天还心存的自由希望破灭了。她的儿子重新被捕,绝望之中,她诌了几句颂诗献给斯大林同志,希望能使她儿子释放。可是这并不成功,斯大林不是那么好糊弄的,他一定读过克格勃的报告,她对他的严厉指责他何尝不知。阿赫玛托娃不屈地迎接命运的打击,她说,如果党不是选择压制她而是用别墅和汽车来收买她的话,她一年之内就会被人遗忘;而人民,是不会忘记那些受难者的。

六

伯林到莫斯科本来是为了撰写苏联外交政策的报告，结果却写的是"一九四五年最后几个月苏联的文学和艺术"，这是第一次历史性地清算斯大林对俄国知识界的镇压，但是伯林坚持认为斯大林并没有成功，俄国文化的精髓仍然存留在一些真正的知识分子身上。一九六二年十二月，伯林应邀在肯尼迪的白宫发表讲演，他向总统先生讲的就是这个问题。讲演结束，总统想知道革命后有哪些知识分子没被压垮、没有屈服，在这个英雄名单的最前面，伯林写的是阿赫玛托娃。

与阿赫玛托娃和帕斯捷尔纳克的会面，使伯林真切感受到为了大众的正义而牺牲个人自由的残酷代价，他带着对苏维埃专制的憎恶离开俄国，此后所写下的任何东西，几乎都与此息息相关。一九五八年十月伯林发表"自由的两种概念"的演讲，那正是《日瓦戈医生》英文本出现的时候，帕斯捷尔纳克赢得了世界性的声誉，同时也正遭受着丧心病狂的迫害，伯林在演讲中没有提及帕斯捷尔纳克的痛苦磨难，可是仍然有不少的听众听出了他对个人自由的捍卫，也正是为这位俄国朋友所做的激情抗辩。

七

一九五六年二月，伯林结婚，七月到莫斯科度蜜月。在莫斯科街头一个付费电话处，伯林给安娜·阿赫玛托娃打电话。她说，他们最好还是不要见面。伯林接着说他结婚了，她以冰冷的沉默接受了这个消息。

一九六五年，他和一位同事共同促成牛津大学授予阿赫玛托娃荣誉学位。她于六月到达牛津，以赛亚看见她，很为她的年老而震惊。她人明显胖了，稍稍有些不够和善，言行举止显出女皇般的气度。她来到伯林的居所前，打量着绝好的草坪、乔治时代的三层小楼和以赛亚的妻子，挖苦道："现在鸟儿住到金丝笼子里了。"二十年前在他们之间闪耀跳动的火花熄灭了。他只能一本正经地说，得到西方的承认是她应得的荣誉；而她也只能以女王般的高傲对此表示感谢。

此后不到一年，阿赫玛托娃就去世了。然而她仍然萦绕于伯林的内心并时时给他激发。他写得最好的散文《与俄国作家会面》讲述了他和她之间的故事。在他其他的著作中，也能够发现阿赫玛托娃的踪影，尽管很多时候并没有提她的名字。一九五三年，他猛烈抨击所谓的"历史必然性"，愤怒地驳斥个人面对历史变化力量而无能为力的信条。他争辩道，个人能够在历史力量面前站立起来，并且明确地承认，这一点他是从阿赫玛托娃那里学到的。阿赫玛托娃是一个不朽的例证，证明个人不仅仅能够忍受历史，而且能够创造历史。在这一过程中，她帮助伯林发现了他自己的声音——一个自由的捍卫者的声音。

一九九九年三月二日

生活从来不是需要去加工的材料

一九八七年二月,我在五角场新华书店买到了《日瓦戈医生》。这部小说,在一九八六年六月召开的第八次全苏作家代表大会上,还提出要及早在苏联国内出版;中文本当年年底就有了。我读的是漓江出版社那套影响很大的"诺贝尔文学奖获奖作家丛书"中的版本,力冈、冀刚根据早年巴黎俄文本翻译的。我还记得,为译本写前言的薛君智曾来复旦讲座,在二教的一个小教室里,听的人不多。

二○一二年,上海译文出版社新出《日瓦戈医生》,

是白春仁、顾亚铃旧译（一九八七年出版过）的修订本。我重新读了一遍。当年读这本书时二十岁，能体会多少东西？那个年代一下子涌进来那么多新奇的、异样的、感受千差万别甚至于互相打架的文学、艺术、思想，令人应接不暇不说，年轻的心灵过于迫切，急匆匆地从甲到乙到丙到丁，一路风景扑面，一路呼啸而过。过后细想，不能说只是一个时代的兴奋，兴奋过后两手空空，实际的收获还是有，而且不能说少，但体会得不够深切，没有足够的耐心等待融会化合，却是显然的。也许青春就是这样？二十五年后再读《日瓦戈医生》，注意力不由自主地放在了一个朴素到不能再朴素的东西上：生活。我要说，这是一部捍卫生活的书。

"人来到世上是要生活，而不是为生活做准备。"日瓦戈对拉拉谈到变革的混乱，谈到有些人喜爱变革的混乱局面，他们忙得不可开交，无休无止地准备——本质上是因为他们平庸。"生活本身，生活现象，生活的恩赐，都十分诱人却又非同小可。既然如此，干吗要用幼稚杜撰出来的蹩脚喜剧，去冒充生活呢？就像让契诃夫笔下天真无邪的人们出逃美洲这种荒唐的事儿。"

在他们杜撰出来的剧本里，生活只存在于未来，当下不仅要为未来的生活做准备，做牺牲，而且更要改造从过去绵延到现在的生活。日瓦戈本来赞同"革命"，认为"革命"是一次漂亮的"外科手术"，但在亲历为了"崇高生活的理想"而血流成河的现实之后，而且看到这样的现实还将无止境地进行下去之时，他不能自抑地向游击队长激烈抗辩道："每当我听到改造生活，我就失去自制力而陷入绝望。""改造生活！能讲出这种话的人们，即使很有生活阅历，也是从来没有认识生活，没有感觉到它的精神，它的灵魂。对他们来说，生活只是一团粗糙的、没有经过他们雕琢而变得精细的材料，这材料正需要他们去加工。但是生活从来不是什么材料，不是什么物质。我可以告诉您，生活是个不断自我更新、总在自我加工的因素，它从来都是自己改造自己。它本身就比我的您的那些蹩脚的理论，要高超得多。"

今天来读这段话，一个有生活实感经验的人，反省的应该不仅仅是已经"告别"了的"革命"、"革命理论"和"革命实践"，还应该就是我们现在的切身的时代。不断地有新的各种各样的理论、观念、潮流"应运而生"，它们已经损害而且还会继续损害生活，多少人的生活就是被这些貌似正经的名堂淹没了。甚至就是词语，也很容易就被变成了伤害生活的最简便的武器。"现在在俄罗斯是否存在现实呢？我认为现实被人们吓破了胆，躲了起来。"模仿日瓦戈的这个句式，也许可以说：现在我们是否还有自己的生活呢？生活也许就被那些名堂吓破了胆，躲了起来。但我更想说，生活也许根本不屑于那些五花八门的名堂，抽身而去了。让那些热衷于理论、潮流、观念、词语的人"高于生活"地在半空中自以为是吧。

有一段短暂的岁月，日瓦戈一家避居于西伯利亚一个荒僻的农舍，辛苦劳作之余，还能沉浸于诗和小说的阅读。在此期间，日瓦戈写了一些札记。这些札记是我所喜欢的篇章。这个时期的日瓦戈，终于可以摆脱平庸的高调，回到寂静无语的自然和默默无闻的劳动之中，享受难得的平静。其中有这样一段："在俄罗斯全部气质中，我现在最喜爱普希金和契诃夫的稚气，他们那种腼腆的天真；喜欢他们不为人类最终目的和自己的心灵得救这类高调而忧心忡忡。这一切他们本人是很明白的，可他们哪里会如此不谦虚地说出来呢？他们既顾不上这个，这也不是他们该干的事。"这两位作家，"终生把自己美好的才赋用于现实的细事上，在现实细事的交替中不知不觉度完了一生。他们的一生也是与任何人无关的个人的一生。而今，这人生变成为公众的大事，它好像从树上摘下的八成熟的苹果，逐渐充实美味和价值，在继承中独自达到成熟。"

帕斯捷尔纳克喜欢普希金和契诃夫，他借日瓦戈表明了喜欢的重点所在。在帕斯捷尔纳克看来，几乎所有的俄国作家都对读者说教，契诃夫却是个例外。"终生把自己美好的才赋用于现实的细事上，在现实细事的交替中不知不觉度完了一生。"这，不是伟大的人物容易做到的，也不是平凡如你我这样的普通人容易做到的。

《日瓦戈医生》一九五八年首先在意大利出版，同年诺贝尔文学奖授予帕斯捷尔纳克，以赛亚·柏林当时即指出"铁幕两边出于政治宣传目的对该书粗俗而又可耻的滥用"，使人忽略了这部杰作的文学品质，它的主题"与大多数人的生活（人的出生、衰老和死亡）密切相关"。一九九五年，柏林再谈此书，特别赞叹书中的爱情描写无与伦比。柏林做了广泛的对比："爱情是多数小说的主题。尽管如此，伟大的法国小说家们所提到的爱情经常指的是痴迷，一种发生在男人和女人之间的短暂的，有时甚至是对立的相互戏弄。在俄罗斯文学中，在普希金和莱蒙托夫那里，爱情是一种浪漫激情的迸发；在陀思妥耶夫斯基那里，爱情是苦涩的，并交织着宗教的以及各种其他心理的情绪；在屠格涅夫那里，是对黯然结束的充满失落与痛苦的昔日爱情凄婉的描述。在英国文学中，在奥斯汀、狄更斯、乔治·艾略特、萨克雷、亨利·詹姆斯、哈代、D.H.劳伦斯那里，甚至在艾米莉·勃朗特那里，有的是满足了的或是没有满足的追求、渴望与期待，有的是不幸爱情的悲伤，有的是占有欲引来的嫉妒，有的是上帝之爱、自然之爱、财产之爱、家庭之爱、可爱的同伴之爱、信仰之爱，以及对未来幸福生活的魅力之爱。然而那种充满激情、义无反顾、全身心投入、毫无保留的，把世间万物都抛诸脑后的两情相悦的爱情已经难得寻觅了，我几乎只是在托尔斯泰的《安娜·卡列尼娜》（而不是在《战争与和平》或其他名著）那里，接着便只是在这部《日瓦戈医生》中，才找到了这样的爱情。正如那些曾经真正经历过爱情的人们所熟知的那样，这部小说反映的是一段真正的爱情经历；自莎翁以来还从未有人把爱情表达得如此充分、生动、细腻和恰到好处。"

柏林毫无保留的赞誉之词,并没有完全说明白日瓦戈和拉拉之间是什么样的爱情。小说中有三段谈论爱情的话,出现在下卷的不同章节中,与这里谈的生活有关。

一段是,日瓦戈对拉拉说:"我想,倘若你没有这么多苦难,没有这么多抱憾,我是不会这么热烈地爱你的。我不喜欢正确的、从未摔倒、不曾失足的人。他们的道德是僵化的,价值不大。他们面前没有展现生活的美。"拉拉回应说:"我讲的就是这个生活美。我觉得要想看到生活的美好所在,必须有纯真的想象力,有天真的感受。而我恰恰被剥夺了这个。如果不是从一开始就透过别人庸俗的眼光看待生活,也许我本来会形成自己的生活观。"——但拉拉从开始的泥淖中一步一步走了出来,她自身就内生着一股强韧的向上的力,在幅度宽大的人生经验中切身体会生活的美,这样才和日瓦戈走到了一起。

此前有一段是："使他们结合在一起的，不只是心灵的一致，更为重要的是他们俩与其余世界之间的鸿沟，两人都同样地不喜欢当代人身上非有不可的那些典型特征，不喜欢当代人那种机械性的兴奋、大喊大叫的激昂，还有那种致命的平庸。"这些"非有不可"的典型特征，正是损害生活的东西，当然也更是损害生活中的爱情的东西。

全书快要结束的时候，在"完结"这一章，还有一段话，叙述日瓦戈去世之时，拉拉回想这场爱恋，"是何等的海阔天空"："他俩相爱，不是由于难解难分，不是像有人胡写的那样'为欲火熬煎'。他们相爱，是因为周围的一切希望如此，这里有他们脚下的大地，他们头上的天空、云朵和树木。他俩的爱情得到周围人们的喜欢，那程度恐怕胜过了他们自己对爱情的欣喜。为他们的爱情感到喜悦的，还有街上的陌生人，无限伸展的远方，他们定居和幽会的房间。"他们感受的爱情，同置身其中的大自然、同整个世界息息相关，融于也属于整个宇宙。大自然、世界、宇宙，不只是生活的场所，它们就是生活赖以发生和展开的根源；甚至不妨把它们就看作生生不息的生活本身。人试图凌驾于它们之上，把它们当作粗糙的原材料进行加工改造，不过是可怜的杜撰，以高调形式表现出来的致命平庸。

二〇一二年五月八日

写这些被生活淹没了的人

雷蒙德·卡佛和他的小说集《大教堂》

一

很多年前,我读到雷蒙德·卡佛的短篇《这么多水,离家这么近》,内心震惊,又无以言表,就此开始搜集卡佛作品。我在广州买到一本小小薄薄的《你在圣·弗兰西斯科做什么?》(于晓丹译,花城出版社,一九九二年),又从朋友那里借来台湾版《浮世男女》(张定绮译,时报文化出版企业有限公司,一九九四年)长期不还,还从北京找回一本"英语注释读物"《雷蒙德·卡佛短篇小说集》(中国对外翻译出版公司，一九九二年）。那真是值得追忆的阅读年代。没想到的是，那差不多已经是激情阅读年代的尾梢了，十多年之后，我好像是得了文学阅读疲乏症，面对唾手可得的大量作品，却长久提不起兴致。就在这个疲乏症持续蔓延的时候，卡佛的《大教堂》（肖铁译，译林出版社，二〇〇九年）出现在眼前，就像预感到的那样，我再一次被卡佛的小说所吸引和打动。

中文版《大教堂》的前言出自村上春树的手笔，不知道这是怎么回事，也许是借用了日文版的前言，但不必管它；我感兴趣的是村上也是从我上面提到的那个短篇（又译《脚下流淌的深河》《水泊离家那么近》等）谈起，他说一九八三年"偶然从一本选集里读到，便认定为杰作，深受感动，不能自已，一口气将它译了出来"。"第二年我去华盛顿州奥林匹亚半岛，登门拜访卡佛，和他面对面交流。那时候我根本没想到过，自己会亲手把他的作品无一遗漏地全都翻译出来。"

二

卡佛曾说："所有我的小说都与我自己的生活有关。"而他自己的生活，怎么表述呢，用温和的说法是："我自己过的生活不合我的身。"

《大教堂》里有一篇极短的《约瑟夫的房子》，说的是一个戒了酒的老男人魏斯，租下一套房子，打电话请求分开的妻子一起来住："埃德娜，从这儿的前窗，你就能看见海，能闻见空气里的咸味。"于是，那年夏天，这一对经历了很多事的夫妻消磨他们安静的日子。有一天房主约瑟夫来说，他女儿要来住这处房子。魏斯走进屋，把帽子和手套扔在地毯上，然后一屁股坐在一把大椅子上。"约瑟夫的椅子，我突然想到。而且也是约瑟夫的地毯。"

魏斯说："到现在为止，这是我们幸福的房子。"他们的儿女都大了，有各自的生活。魏斯说他希望他能重新做一次父亲，而且这次能做得好一些。"我说，他们爱你。""不,他们不爱。魏斯说。"

"魏斯站起来,拉下了窗帘,就这样,一下子,海就没了。我进屋去做晚饭。冰柜里还有些鱼。别的就没什么了。我想,那就是结束了吧。"

卡佛的小说写的大多是这样的人,"中低下产阶级"。"后来变成已经不再是'中低下'级,而成了美国生活里最绝望也最庞大的下层土壤。这些人无法完成他们经济与道德上的义务和职责。就在他们中间,我生活了很长一段时间。"

卡佛一九三九年出生在俄勒冈州西北部的小城克拉特斯卡尼,父亲是个锯木工人兼酒鬼,母亲做饭馆招待和零售推销员。卡佛高中毕业就到锯木厂工作,十九岁结婚,二十岁就有了一个四口之家,却居无定所,之后的二十多年里,卡佛带着全家从一个城市辗转到另一个城市,做过一个又一个临时工:加油工,清洁工,看门人,替人摘郁金香,在医院当守夜人兼擦地板,如此等等。"从我还是个十几岁的孩子开始,我就无时无刻不担心自己身下的椅子随时会被人移走。一年又一年,我爱人和我整日奔波,努力保住自己头顶上的屋顶。"

卡佛一生只写短篇小说和诗歌,还有一些散文,是因为不得不写那些能够"一坐下来就写,快速地写,并能写完的短东西"。

令人惊异的是,这样极端不安定的状态并没有使他放弃写作,他从六十年代初开始发表作品,但长期以来写作对他的生活没有带来一点点改善。他没有停止写作,同时也没有停止酗酒。他的小说里总是有酗酒的人,他常常写到酗酒,写到酗酒给生活带来的一团糟,写到试图从酗酒中挣扎出来的努力。一九七四年他不得不因为严重的酗酒问题辞掉好不容易得到的工作,一九七六年又不得不把几年前好不容易买来的第一栋房子卖掉,以付清因酗酒造成的住院费。

读过卡佛的小说,就会同意肖铁在译后记中的描述:"在卡佛的大部分作品中,贫困和绝望不是回忆中的过去时,而是小说人物以及卡佛自己的生活现状。"卡佛是"写失败者的失败者,写酒鬼的酒鬼……失败不是故事的开始,也不是故事的结束,而是他们故事的全部。生活的变质和走投无路后的无望,不是人物性格命运的转折点,不是通向某种解脱或升华的中转站,而是人物的常态。卡佛不是在绝望中寻找希望的作家,而是一个鲜有的能够以悠长的凝视直面无望的失败者"。

卡佛自己并不觉得写这样的人物有什么特别或反传统之处,多少是为自己辩护,而事实上也确实如此,写这样的人物倒是文学的一个传统。"一百年前,契诃夫就开始写这类被生活淹没了的人了。短篇小说作家一直是这样做的。"

三

一九七七年卡佛戒酒,生活也出现了转机。到一九八〇年，他甚至有了稳定的大学教职。一九八一年出版《当我们谈论爱情的时候，我们到底在谈论什么》，这是他第三本小说集，后来被尊奉为极简主义文学的典范。一九八三年他获得美国文学艺术院颁发的"施特劳斯津贴"，就此不必为生计发愁，辞职成为职业作家。

《大教堂》里面的十二篇小说写于一九八二年到一九八三年间，卡佛自己也感觉到："在这期间，我自己的生活状态变了很多，显然生活中的变化带动了我写作的变化。《大教堂》中的小说，与我过去的小说相比，都更加丰满一些，文字变得更慷慨，可能也更积极了一些。"

这样的变化当然是发生了，但要说这个变化对小说基本的面貌有多少改变，无论如何还不能夸大。以《约瑟夫的房子》为例，这一对分开来的夫妻在短暂的相聚期间，是平静和安闲的，魏斯甚至说出了"这是我们幸福的房子"这样的语言，而这样的平静、安闲和

"幸福"之感，在卡佛以前的小说里很难找到；但没有改变的是，生活仍然会把他们驱赶进泥潭里去。

在不夸大变化的前提下，却应该珍惜这些"积极"的变化。像《好事一小件》和《大教堂》，篇幅明显长了一些，里面的人物之间，出现了卡佛以前小说里缺乏的交流、和解，甚至是理解和温暖，尽管这短暂的理解和温暖不足以改变生活上的麻烦和精神上的困境，但毕竟出现了这样明亮一点的东西。

一九八八年卡佛五十岁去世，安稳写作的日子只享受了五年。他的遗稿中有一篇《柴火》，倒确实"更积极了一些"。梅耶在戒酒所里待了二十八天，这期间，他妻子跟另一个酒鬼跑了。梅耶拿了点东西，住进出租的房间里，给他的妻子写一封很长的信，"没准是他这辈子写的最重要的一封信"，他希望有一天她会原谅他。房主有一卡车的木头要锯成柴火，梅耶要求来干这活。"你知道怎么用电锯吗？会用斧头和锤子吗？""你可以教我，梅耶说。我学得很快。对他来说，锯那些木头是一件重要的事情。"他锯的时候感到了一种节奏，就跟着节奏锯。晚上他在笔记本里写道："今天晚上我的衬衫袖子里有锯末。是一种香甜的气味。"木头锯完的那天，梅耶打算走了。晚上他打开窗，看着窗外的月光和白雪覆盖的山巅，他看着黑暗中那堆锯末，车库门洞里那些码好的木头。他听了一会儿河水的声音，房主曾经告诉他，那是全国流速最快的一条河；他让窗户敞着，就能听到河水冲出山谷流进大海的声音。

四

极简主义文学说得通俗点，就是给文学"做减法"。译后记对卡佛的"做减法"有个简洁有力的描述："就像生活把卡佛小说中的人物毫不吝惜地剥了个精光一样，卡佛把自己的文字削到瘦骨嶙峋。"如同许多作家反感贴在他们身上的标签一样，卡佛也不喜欢极简主义这个牌子。当初是不得不选择那些坐下来一次就能写完、最多两次写完的短东西，哪里会想到后来成了被追捧和模仿的风格。

但卡佛小说的"瘦骨嶙峋"确实带来了特殊的艺术效果，卡佛愿意把他自己的方式和海明威的路子联系在一起，他这样认为："是什么创造出一篇小说中的张力？在一定程度上，得益于具体的语句连接在一起的方式，这组成了小说里的可见部分。但同样重要的是那些被省略的部分，那些被暗示的部分，那些事物平静光滑的表面下的风景。我把不必要的运动剔除出去，我希望写那种'能见度'低的小说。"

《大教堂》的译者特意从卡佛的随笔和访谈录中挑选了一些自述性文字，附在小说集后面，以便于读者对卡佛文学的理解。本文所引卡佛的话，也都出自这里。卡佛说话常常像他的小说一样朴实而锐利，最后抄两段，你看看是否会像不少作家那些聪明、机智、漂亮的语言那样让你读来无动于衷，过后就忘了：

无论是在诗歌还是在小说里，用普通但准确的语言，去写普通的事物，并赋予这些普通的事物——管它是椅子，窗帘，叉子，还是一块石头，或女人的耳环——以广阔而惊人的力量，这是可以做到的。写一句表面上看起来无伤大雅的寒暄，并随之传递给读者冷彻骨髓的寒意，这是可以做到的。

文学能否改变人们的生活……我小的时候，阅读曾让我知道我自己过的生活不合我的身……我想，文学能让我们意识到自己的匮乏，还有生活中那些已经削弱我们并正在让我们气喘吁吁的东西。文学能够让我们明白，像一个人一样活着并非易事。

二〇〇九年一月二日

博尔赫斯三题

一、虚构的中国

在《七缀集》里,钱锺书先生两次引证博尔赫斯,一次见于《中国诗与中国画》的一条注释,引述的博尔赫斯和中国有关。说来令人诧异:博尔赫斯列举卡夫卡的"先驱者",竟把作《获麟解》的韩愈排在显赫的第二位。

其实,真正了解博尔赫斯的人,差不多也就同时会了解到他与中国之间奇特的精神关联。他读过老庄,自己觉得非常亲近中国文化，尤其中国人那完全不同于——这是博尔赫斯的感受——西方的思维方式和生活态度深深地吸引了他。实际上，博尔赫斯并未对中国文化做过认真的学术研究，这个遥远的国度更重要的是为他无穷的奇思漫想提供了一个神秘空间。在著名的小说《交叉小径的花园》里，博尔赫斯虚构一个生活于十八世纪晚期的中国学者，他要写一部远比《红楼梦》更复杂的小说，因为他认为真正的小说应该把所有可能的结局全部揭示出来；同时，他着手营造一个迷宫。人们以为这个迷宫位于某个地方，却从未有人发现。时至二十世纪，一个将死的汉学家恍悟到这个迷宫就存在于那部虚构的小说里。这篇小说极力突出的纯粹幻想和迷宫观念，正是典型的博尔赫斯风格。

还有更让人诧异的事情。在一篇本该一本正经的论文里，博尔赫斯引用了一部大概是子虚乌有的《中国百科全书》里的一段话，说中国人是如何把动物分类的，动物分为：(a) 属皇帝所有的，(b) 涂过香油的，

(c)驯良的,(d)乳猪,(e)塞壬海妖,(f)传说中的,(g)迷路的野狗,(h)本分类法中所包括的,(i)发疯的,(j)多得数不清的,(k)用极细的驼毛笔画出来的,(l)等等,(m)刚打破了水罐子的,(n)从远处看像苍蝇的。偏偏是这样胡言乱语、奇奇怪怪的分类,启发了本世纪最重要的哲学家米歇尔·福柯的灵感,在《言与物》里,福柯对这表面的可笑与荒唐感到不安,因为这段疯话具有摧毁寻常思维和用语言命名的范畴的破坏性,要"瓦解我们自古以来对同和异的区别","另一种思维系统异国情调的魅力"同时显出"我们自己的系统的局限性,显出我们全然不可能那样来思考"(参见张隆溪《非我的神话》)。

中国作为西方传统的异己者,对它的文化习性的威胁,究竟是否真的产生过后果或产生了怎样的后果,是我所无力了解和述说的;但是,反过来,在二十世纪八十年代中后期,中国先锋小说家从博尔赫斯那里获得的启悟,却具有相当非凡的意义:对于一向臣服于现实与历史的中国小说来说，博尔赫斯无疑是开启了一个纯粹想象的、纯粹智性和审美的自由新空间。

二、不死的文学人生

《七缀集》另一处引述，是在《林纾的翻译》的正文里，说："博尔赫斯甚至赞美伊把拉（Néstor Ibarra）把他的诗译成法语，远胜西班牙语原作。"钱先生还加重语气说："博尔赫斯对法语下判断却确有资格的。"这不禁让我想起博尔赫斯少年时在日内瓦学法语时的马虎劲，以至于同学们为此向校长写了一封告状信。老师在课堂上喊他的名字他都听不懂，每次都得同学用胳膊肘捅他。到他晚年写回忆录时，仍对法语耿耿于怀："现在我仍然认为德语是一种美丽的语言，比它产生的文学还美丽。不可思议的是，法国居然有一种高贵的文学（尽管法国对流派和运动怀有感情）。但我认为法国的语言反倒不美。用法语表达什么的时候，

听起来使人感到很平淡。"(《我的回忆》)

博尔赫斯的语言天赋自然非常人所及,在语言经验上也颇多异于常人之处:在用母语西班牙语创作之前,他用英语和法语写过十四行诗;早年阅读的大都是英文书,连《唐·吉诃德》也是先读了英译本,后来读原著,"觉得英文版译本太乏味了"。博尔赫斯的英语能力得自于家庭,他的祖母是位英国贵妇,父亲在大学里用英语讲授心理学,母亲翻译过许多著名英语作家的小说。

博尔赫斯得自于家庭的可谓多矣。他说他一生中最重要的东西就是父亲的藏书室,从某种意义上说他的文学信念也是因父亲而起,他要完成条件不允许父亲完成的文学事业;失明后,一直是母亲陪着他,实际上成了他的秘书。他的早熟早慧也脱不了家庭的重要影响。博尔赫斯六七岁开始写作,第一次文学尝试是用英文写了一小本希腊神话集,大概是从某本书里编选出来的;九岁的时候他翻译了奥斯卡·王尔德的《快乐王子》，并且公开发表了。

一九二三年，博尔赫斯二十四岁，出版了第一本书，诗集《布宜诺斯艾利斯的热情》。有意思的是他送书给人的方式。他拿了五十或一百本书去见那时最有名的文学杂志的一个编辑，请求他把书悄悄塞到挂在衣帽间里的大衣的口袋里。过了些时候，博尔赫斯发现大衣的主人们已经读了他的诗，还有人写了评论。

当博尔赫斯已经是位有名的作家时，他工作的某小图书馆的人却还不知道，一位同事在一本百科全书上看到一个人的名字和生辰跟博尔赫斯的完全相同，他不胜惊讶。

一九五五年，博尔赫斯被当时的总统任命为国立图书馆馆长。第二年，他被聘任为布宜诺斯艾利斯大学的英国文学教授，他没有按惯例寄去论文、著作等，只寄了一句简单的话："我一生都在毫无意识地为这个职务做着准备。"联想后来他周游世界，在哈佛等著名大学讲课，这句平静的话蕴含的非凡力量大约可以被人体会到一些。

晚年,他觉得自己已经写出了他的最好作品,但是,"每当读到什么反对我的东西时,我不但具有同感,而且认为我可以把它写得更好些"。检视一生,对于他自己,最重要的是获得了一种宁静、平凡却难以为他人企及的感觉:"从某种意义上讲,和我年轻的时候比,现在青春离我更近了。"(《我的回忆》)

这让人想到他一篇小说的名字:不死的人。

三、诺贝尔奖的损失

博尔赫斯二十世纪五六十年代开始在欧美声誉大振,影响极盛,和贝克特、纳博科夫并列,被公认为从现代主义向后现代主义过渡进程中的大师,但他未能获得诺贝尔奖。博尔赫斯在世时,就有许多人为他打抱不平,下面抄一九七七年八月七日《纽约时报图书评论》上《从诺贝尔奖金谈到博尔赫斯》(理查·依德尔）一文中的一段话,来结束这篇短文——

  有些作家获得诺贝尔奖金,不过是得到一次恰如其分的荣誉罢了;而他们的得奖却使该项奖金获得荣誉;这真是对诺贝尔奖这一类机构的一个绝妙的嘲讽。诺贝尔奖机构从福克纳、聂鲁达和叶芝等人获得的声誉,反而超过他们从它那里获得的声誉。它忽略了布莱希特、纳博科夫,也许还有博尔赫斯,因而遭受的损失,也比他们所遭受的大。

一九九一年

生命在梦想中流逝

豪尔赫·路易斯·博尔赫斯本来就是一个耽于梦想的人,失明之后,这种倾向愈发变本加厉。"由于我拙于思考,我便沉浸于梦想,从某种意义上说这样可以使我的生命在梦中流逝。这是我唯一能做的事。"在和威利斯·巴恩斯通的一次谈话里,他说他几乎每天夜里都做噩梦,其中最基本的内容有这样三种:迷宫、写作(读书)和镜子。热爱博尔赫斯的人看到这里自然会心。在他的作品中,我们不也熟知这些吗?而且已经是非常非常熟悉。小说更不要去说,诗歌亦然。法国贝·皮沃和皮·蓬塞纳的《理想藏书》推荐美洲西班牙语文学的前十本书,博尔赫斯的《诗集》(一九六五年)是其中的第二本,评述说:"在他文笔精湛的诗作中,我们能找到属于博尔赫斯传说的所有主题:镜子的游戏,记忆的迷宫,老虎的梦,对现实的怀疑,故作玄虚的博学,躲在魔幻影子之下的理性。我们也能找到一些极其简明澄澈的诗行,写月光、雨水、潘帕斯草原的宁静,还有伴随探戈舞的歌。"

比起博尔赫斯在创作中设置的迷宫,他梦中的迷宫似乎要简单些,至少从他自己讲述出来的情况看是如此。比如,在一座很大的建筑物里,有很多巨大的空房间,"于是我从一个房间进入另一个房间,但好像都没有门。我总是不自觉地走到院子里。然后过了一会儿我又在楼梯上爬上爬下。我呼喊,可是没有人。那座巨大的不可思议的建筑物空空荡荡。于是我就对自己说:怎么回事,我当然是梦见了迷宫。所以我也不必去找什么门,我只需坐在其中的一间房子里等待就行了。有时我醒来，我的确有时醒来。当我意识到这一点我就自言自语道：这是一个关于迷宫的噩梦，由于我知道这一切，所以我不曾被迷宫所迷。我只是坐在地板上。"

博尔赫斯常常写到迷宫，又常常梦到迷宫，在写作与梦想之间，究竟是什么关系呢？写作是梦的释放，意欲借以摆脱噩梦的纷扰？从实际的情形来看显然不是这样。写作反而加深了噩梦，而梦魇纠缠不去又促成了写作对同一主题的反复叙述？写作是梦想的延伸或者梦想是写作的延伸？写作与梦想到底是两回事还是一回事？对于博尔赫斯来说，二者的区别也许不是太大。而所谓的关于迷宫的噩梦，也许博尔赫斯压根就不想摆脱它，反倒是特别的迷恋。

但是关于读书的噩梦肯定是博尔赫斯极力要摆脱的。博尔赫斯对于读书的感情，超乎寻常，用寻常的述说方式无法述说，除非以博尔赫斯自己的方式。失明之前，阅读（和写作）几乎可以说是博尔赫斯唯一所做的事。"在我走半个小时的路而身边又没带本书时，我便感到很别扭。"失明后偏偏他又拥有了阿根廷最大的图书馆，被任命为国家图书馆馆长，他内心的情形可以想见。由此，他总是做一个想读书而又读不成的噩梦便是非常自然的，自然得太不容易为人接受："我会梦见那些文字全活了，我会梦见每一个字母都变成了别的字母。当我想弄懂开头那些单词的意思时，它们便暴躁起来。那是些长长的荷兰文叠元音单词。有时我也会梦见那些文字的行距变宽，然后字母伸展出枝枝杈杈。在异常光滑的纸页上，那些符号有黑有红，它们长得那么大，简直让人受不了。等我醒来，那些符号还要在我眼前晃一阵子。于是我会想好久：我再也不可能忘掉它们了，我会发疯的。"

世界上最热爱书的作家再也不能读书了。

从我们一般所说的现实层面，我们发出这样伤痛的感叹，即使博尔赫斯离去经年，我们依然感受到无法阅读对他的折磨。如果他因此发疯，热爱他的人们都大致能够理解。但他不会发疯,因为他知道他会发疯,所以他就可以并不真的发疯;就像他知道他待在迷宫,所以不会为迷宫所迷。在这一切背后,是因为他发现了这样一个原则:如果要避免某种事情的发生,最好的方法就是想到它。博尔赫斯在小说中表述过这一原则,被世界上极少数的人注意到并且相信它的灵验。

如果我们能够从我们生活其上的现实层面撤回,我们也许可以理解博尔赫斯让生命在梦中流逝的非凡意义。他认定梦是一种创造,醒时的经验中许多与自己有关的东西并非由自己而产生,"醒时的经验与睡时或梦中的经验有本质的不同,其不同之处一定在于,梦中所经验到的东西由你产生,由你创造,由你推演而来。"好作家会从平常的物象中获得噩梦的感觉,博尔赫斯举英国作家吉尔伯特·基恩·切斯特顿为例。切斯特顿说我们可以想象世界的尽头有一棵树,其形状即是罪恶。"瞧,那棵树是无法描摹的。而假如你想象一棵树,比如说由骷髅、鬼魂做成,那就太愚蠢了。

但我们说的是，一棵树，其形状即是罪恶。这表明切斯特顿的确做过一个有关那棵树的噩梦，不对吗？若非如此，他是怎样知道那棵树的呢？"

梦想甚至让博尔赫斯产生了这样的想法，如果生命不在梦想中存在，那么它在哪里存在呢？他是这样表述的——

"当我醒来，看到的是糟糕的事情。我还是我，这令我惊讶不已。"

一九九四年四月十四日

想象的动物

李陀说,现在一听谁又谈博尔赫斯,就烦。

李陀这几年重新反思从八十年代逐步确立起来的"纯文学"的观念,而博尔赫斯呢,从八十年代到今天,一直不断地被一批又一批作家当作"纯文学"的典范。即便是零零星星地听,李陀大概也听人谈了将近二十年吧。

我现在也不大喜欢别人和我讨论博尔赫斯。原因和李陀不大一样。我有很长一段时间的迷恋,过度迷恋之后会产生过度的疲倦和麻木;听人谈,大多也听不出什么有趣的意思来。有意思的倒是,我认识一个人,他看到年轻作家的作品,只要是他不喜欢的,不论这个作家和那个作家之间的差异有多大,他一概说,不过是学了点博尔赫斯的皮毛嘛。至于他本人是否学了点皮毛,我就不大清楚了,只知道博尔赫斯这四个字在他嘴里颠来倒去地说,奇怪的是从来没有一次把这四个字的顺序说对过。

八十年代中后期读大学那会儿,一天晚上偶然在学校东部的小阅览室读到博尔赫斯的一个短篇,产生奇妙难言的感觉,从此迷上这个阿根廷作家。读能够找到的作品,这还不算什么,还密切注意有可能看到的有关他的文字,哪怕只是片言只语。举个例子,我查到博尔赫斯的作品译成中文竟然早在五十年代,香港的《文艺新潮》第八期(一九五七年一月出版)发表了思果翻译的《剑痕》;再譬如,钱锺书先生的《七缀集》,这本书我倍感亲切,一个原因就是其中两次提到博尔赫斯,一次是在《林纾的翻译》正文里,一次是在《中国诗与中国画》的注释里。八十年代的中国先锋小说家们，还以为他们是最早读博尔赫斯的中国人呢。我那时候也不知道天高地厚，觉得《七缀集》两次提及，其中的一次在事实上不够准确，就特意在一篇小文章里纠正。一九九〇年我参加一个国际比较文学会议（后来我就知道了，所谓"国际"学术会议，就是只要有几个老外参加，就是了），分组会上宣读论文，关于中国先锋小说家接受博尔赫斯启悟的探讨。我是第一次干这种事，紧张得要命，眼睛不看人只看稿子，念完了才敢松口气。这口气一松就彻底松了，我很后悔刚刚的认真和紧张，因为没必要，这个组的人大多根本就不知道我说的那几个先锋小说家是什么人，也不知道博尔赫斯是怎么回事。

那时候从卡片箱里查到复旦图书馆有一本博尔赫斯的《想象的动物》，台湾的译本，几次动了借的念头，但直到毕业也没借。为什么呢？台湾版的书，借起来麻烦；即使阅览室的管理员帮你找出来了，你也只能待在那里看。对我来说，要在阅览室里面读完一本书几乎是不可能的。我有个坏毛病，每次到阅览室，总是在一排排书架前翻翻这本，看看那本，结果就是，几个小时过去，差不多什么都看了，跟什么都没看也差不多。知道有这么一本《想象的动物》而没有读，就成了一件心事。这当然是一件很小的心事，装在心里却也有十多年了。

没想到今年在韩国碰到了这本书，帮我打发了一些无聊的时光。我在徐贞姬教授的研究室里发现了这本小书。徐贞姬教授年轻时在辅仁读硕士、在台大读博士，她书架上有很多台湾版的书，也就是很自然的事了。博尔赫斯在前言里说："有一种书是既消遣又广闻，本书所集，旨在给予读者这样的乐趣与益处，也希望读者在友人的书架上搜奇拾异之余，能满足诸君偏深知识参考之愿望。"我没有"偏深知识参考之愿望"，但对于他那种多"从中世纪拉丁文、法文、德文、意大利文以及西班牙文原文"征引资料作为编撰根据的方法，却是不能不叹服。

这本书一九五七年印行于墨西哥，书名为《想象动物手册》(*Manual de zoología fantástica*)，一九六七年第二版改为《想象的动物》(*The Book of Imaginary Beings*)，增补了一些内容，印行于布宜诺斯艾利斯，为英文本。台湾的译本是志文出版社一九七九年出的，译者杨耐冬，依据的是一九七四年的英文本，内容有一百一十七条。

翻开这本书，就好像是进入了一个神话动物园，你看到的是稀奇古怪的动物，狮身人面的斯芬克斯、半狮半鹰的希洛多塔斯、半人半马的辛托、一百个头的怪物、散发着芬芳气味的豹子、歌声有着致命迷惑力的海妖塞壬、住在镜子里的鱼、住在火里并且以火为食的蝾螈、能发出人的叫声并且使听到的人发狂的曼陀罗花，甚至于，形而上的动物。按照博尔赫斯的说法，神话动物园的动物比真实动物园的动物要多得多，因为这些动物，其中多为妖怪，是真实动物的各部分肢体的任意组合，而这种排列组合几乎是无穷无尽的。不仅是过去的人这样想象动物，现在的人也这样想象。前几天一个朋友转发给我一些图片，名字叫"如果它们相爱"，就是假设一种动物和另一种动物交配繁殖，生出来的就是些你从没见过的怪东西——现在轻易就可以用电脑合成出怪物的形象。

柏拉图认定造物主所造的世界是球行的，而且是活着的生命体；他还由此狂想动物世界有许多球体动物。尼罗河口的一位神父告诉信徒，球体的生命可以复活，并且能够滚着进入天堂。"文艺复兴时期，《伐尼尼》书中所记，天堂是个动物；新柏拉图主义者费西诺说，地球有毛发、牙齿和骨骼；布朗诺能感受到行星是些平和安静的大动物，有热血，有正常的习惯，并且有理性。十七世纪初期，德国天文学家基普勒与英国神秘主义者罗伯特·佛拉德争吵着说，是他们中哪个先产生了那个观念——认为地球是个活妖怪，地球'像鲸鱼那样喷着气，睡了又醒，醒了又睡，有退潮，又有海流'。

基普勒孜孜研究，认为这个怪物有骸体，有饮食习惯，有颜色，有记忆，且有想象能力和有形的才干。"

而在另外的想象里，上帝创造了地球，地球却没有根基，因此就在地球下面造了一位天使；这位天使没有立脚的地方，就在天使脚下造了红宝石岩；红宝石岩没有托盘，就在底下造了一只公牛，这只公牛有四千只眼、四千只耳朵、四千个鼻孔、四千张嘴、四千条舌头和四千只脚。可是，这只公牛还是没有落脚的地方，因此在公牛的底下造了一条名叫巴哈马特的鱼，在鱼的底下放置了水，在水的底下是一片黑暗。在黑暗面前，人们就一无所知了。

这使我想起好几年以前我看到的一部建筑学的博士论文，这部论文的作者设想未来的人类建筑，都是建在一只牛角之上。他的全部论述从这个出发点展开。论文的首页是诗；翻过来是构想示意图，在这个示意图中，这只牛和牛角占了突出的位置；接下去是正文。后来一直想知道这部论文是否通过了答辩，作者是个怎样的人，但都无从打听了。

不过绝大部分想象的动物与宇宙结构这样巨大的思考没有多大关系。所以产生想象的动物，是因为人需要这样的想象；宇宙的基本构成也是人的一种想象需要，但更多的想象需要安排在世俗平常的人间。

本来有的动物具有人一样的说话天赋，可是很久以前，一位南非丛林人霍其冈，非常憎恨会说话的动物，有一天，他偷走了它们说话的天赋后就不见了。从此，动物就不再能够说话。

上面提到会发出人的叫声的曼陀罗花，这是一种植物性动物，或者说，是动植物的整合体。这样的整合体非常少见，在鞑靼地区有一种植物羊，叫巴洛米兹，颇使人惊奇不解。另外见诸文字的还有某人的某个梦，他梦见有这么一棵树，吞食它枝上的鸟巢，当春天来临时，树上长出的不是树叶，而是羽毛。

在我所读过的书中，印象甚深的动物，一想就会想到路易思·卡洛尔在《阿丽斯漫游奇境记》里写的英国柴郡的猫。我很高兴看到博尔赫斯也专门谈到这种笑面猫,卡洛尔给这种猫一种才能,慢慢隐藏起面孔,却剩下了笑容。请看赵元任先生的译笔,一九二二年商务印书馆的版本:

> 这一回它就慢慢地不见,从尾巴尖起,一点一点地没有,一直到头上的笑脸最后没有。那个笑脸留了好一会儿才没有。
>
> 阿丽斯想道:"这个!有猫不笑,我到是常看过的,可是有了笑没有猫,这到是我生平从来没看见过的奇怪东西!"

还有一种绝命猫,据说它们先是互相愤怒格斗,而后互相噬咬、吞食,直到最后两败俱亡、只剩下两条尾巴为止。

博尔赫斯不能直接阅读东方语文,但他还是参考转引了不少这方面的资料。他谈到中国的狐狸、龙、凤凰、独角兽等。中国的独角兽是麒麟，他从玛戈里斯的《中国文学类纂》（一九四八年版）里转引了韩愈的《获麟解》：

> 麟之为灵昭昭也，咏于诗，书于春秋，杂出于传记百家之书，虽妇人小子皆知其为祥也。然麟之为物，不畜于家，不恒有于天下，其为形也不类，非若马牛犬豕豺狼麋鹿然。然则，虽有麟，不可知其为麟也。角者，吾知其为牛；鬣者，吾知其为马；犬豕豺狼麋鹿，吾知其为犬豕豺狼麋鹿。惟麟也，不可知，不可知则其谓之不祥也亦宜。虽然麟之出必有圣人在乎位，麟为圣人出也；圣人者，必知麟，麟之果不为不祥也。又曰，麟之所以为麟者，以德不以形，若麟之出不待圣人，则谓之不祥也亦宜。

在另外的地方，不是在这本《想象的动物》里，博尔赫斯引用某部中国百科全书谈动物的分类，可分为:(1)属皇帝所有,(2)有芬芳的香味,(3)驯顺的,(4)乳猪,(5)鳗螈,(6)传说中的,(7)自由走动的狗,(8)包括在目前分类中的,(9)发疯似地烦躁不安的,(10)数不清的,(11)浑身有十分精致的骆驼毛刷的毛,(12)等等,(13)刚刚打破水罐的,(14)远看像苍蝇的。这个令人惊奇的分类让福柯大笑了好长时间。福柯的名著《词与物》的前言是这样开篇的:"博尔赫斯作品的一段落,是本书的诞生地。本书诞生于阅读这个段落时发出的笑声,这种笑声动摇了我的思想(我们的思想)所有熟悉的东西……"

关于这个分类和福柯,我十多年前的短文里引述过,现在根据新出不久的《词与物》中文译本重引一遍,说明我实在没什么进步。认识到这一点,我也就知道了,以后关于博尔赫斯,我实在不要再写什么了。就以这篇短文作为我青春时代迷恋的纪念。

二〇〇二年十一月三十日

七个夜晚的说书人

一

《七夜》是七次讲稿,读这本书,像听博尔赫斯讲演。这个顺手的比喻,除了它想表达的一种感受之外,其他方面都经不起稍微的推敲。博尔赫斯用西班牙语讲,我读的是汉语译本(陈泉译,上海译文出版社,二〇一五年),这之间有多远的距离?三十年前,我初识博尔赫斯,一直到现在,读的都是汉语的博尔赫斯,而且是不同译者的博尔赫斯,却一直都感觉到独特的迷人之处。语言天生的距离和翻译天生的遗憾，都没能让迷人之处丧失。"迷人，正如斯蒂文森所说，是作家应该拥有的基本优点之一。舍此，别的都没用。"倘若博尔赫斯缺乏迷人的品质，他大概就不会这么引用斯蒂文森了。

博尔赫斯有不少讲演经历，"我注意到大家特别喜欢听个人的事而非一般的事，具体的事而非抽象的事。"这点经验之谈，可以给现在越来越多的讲演者借鉴。不过，也得看讲演的人是谁。要是听众对这个讲演的人不感兴趣，那么个人的事最好还是收起。

另一条，不是经验，却比经验还重要。面对很多听众，"我并不是在跟大家讲话，而是在跟你们中的每一个人交谈。"这之间的区别非常大，懂得这个区别的讲话者却不是太多。据此，你可以把讲话者——譬如课堂上的教师——分成不同的类型。

《七夜》谈的是这七个题目:《神曲》、梦魇、《一千零一夜》、佛教、诗歌、喀巴拉、失明。博尔赫斯的读者多少都熟悉他这些题目。一个人"常"谈某些东西，一定是这些东西和这个人之间有"常"的联系。

二

但丁《新生》开头说,他在一封信里,一口气提到了六十个女人的名字,以便偷偷地塞进贝雅特里齐的名字。博尔赫斯有一本小书叫《但丁九篇》,最后谈到但丁为什么要写《神曲》:"我认为他在《神曲》里重复了这个伤心的手法。"

《神曲》里的"天国",此前曾有人认为,但丁构筑它的首要目的,是为他所崇拜的贝雅特里齐建立一个王国,《新生》里有一句话:"我想用没有被用于谈论任何一个女人的话来谈论她。"博尔赫斯进一步猜测,但丁创作《神曲》的目的,"是为了插进一些他同无法挽回的贝雅特里齐重逢的场面"。他写了地狱、炼狱、九重天、目不暇接的情境和命运,可是,他知道,贝雅特里齐最后的微笑才是最重要的;她微笑之后,"转过脸",消失或走向"永恒"。

《七夜》里讲《神曲》,我觉得最有启发性的是关于尤利西斯的命运的解读。尤利西斯为什么要遭受惩罚?因为他和狄俄墨得斯策划了特洛伊木马阴谋,被罚只能待在火焰的深处。博尔赫斯说,不是。尤利西斯召集已经跟着他战胜了千难万险、已经年老困乏的人马,提出一项崇高的事业:横跨浩瀚的海洋去认识南半球。他说他们是人,他们是因为勇气、因为知识而出生的,生来就是为了认识、为了理解事物。远航五个月之后,他们看到了一座大山,但欢呼声即刻变成了哭喊声,从他们见到的陆地上刮来一阵旋风,船沉了。那座山,就是炼狱山。"就这样,我们到了这个可怕的时刻"——这个时刻的"可怕"在于,它显露了尤利西斯受罚的真正原因,"即那个无私无畏地渴望认识被禁止且不可能事物的企图"。

接下去,博尔赫斯说:"这个故事中悲惨的遭遇到底是什么道理?我认为有一个解释,这是唯一有价值的解释，那就是：但丁感到尤利西斯在某种程度上就是他自己。我不知道他是否自觉感受到这一点，这也无所谓。在《神曲》某节的三韵句中说：谁也不能被允许知道天意。我们也不能提前知道天意，谁也不知道谁将被罚，谁将被救。但是他竟然妄为地以诗歌的方式提前泄露天意。他向我们显示了谁被罚又显示了谁被救。他应该知道这样做是很危险的；他不可能不知道他在提前觉察不能明辨的天意。""因此，尤利西斯这个人物拥有其力量，因为尤利西斯就是但丁的镜子，因为但丁感到也许是他应该受到这种惩罚。诚然，他写了诗，但是不论是非如何，他正在触犯黑夜、上帝和神明深奥的戒律。"

博尔赫斯说，没有哪一本书曾给过他如此强烈的美学震撼，"我是个享乐派读者，再说一遍，我是在书中寻找震撼的。"因此，每有机会，他总是强烈推荐去阅读这部伟大的作品。"《神曲》是我们每个人都应该读的。不读这本书就是剥夺了我们享用文学所能给予我们的最高礼物的权利，就是让我们承受一种古怪的禁欲主义。为什么我们要拒绝阅读《神曲》所带来的幸福？况且它并不是很难读的。"虽然文学所给予的最高礼物是什么，一定有不同的意见，但博尔赫斯所享受的读《神曲》的幸福，其中有些部分确实是可以传递的。

三

阿拉伯人说，谁也不会读到《一千零一夜》的最后，因为这是一部没有穷尽的书。

它的作者成千上万，大概谁也没有想到他正在参与构造一部伟大的书。

而且这部取之不尽的书，可以有丰富的变形。

这部书中最有名的故事之一，《阿拉丁和神灯》，出现在十八世纪初加朗的法语版本中。但是后来的人在阿拉伯和波斯文本中都没有找到这个故事。有人怀疑是加朗篡改了故事。博尔赫斯说："我认为用'篡改'一词是不公正而且有害的。加朗完全有权像那些职业说书人那样创造一个故事。为什么不能设想，在翻译了那么多故事以后，他想创造一个，并且这样做了呢？"

德·昆西在自传里讲了阿拉丁神灯的故事，但是他记得的故事完全不同，没有哪个本子这样记载过——"德·昆西创造性的记忆力令人钦佩"——这种记忆力，或者是睡梦，带给他一个新的故事。

"《一千零一夜》漫无边际的时间还在继续走它的路。"它不是死的东西，"这部书是那么广泛，以至于用不着读过此书，因为它是我们记忆的一部分，也是今天晚上的一部分。"

《七夜》这个书名，是不是无意识/有意识地向《一千零一夜》致敬？无论如何，博尔赫斯确实像一个夜晚的说书人。

四

"我当过布宜诺斯艾利斯大学哲学文学系的英国文学教授。我曾经尽可能地撇开文学史。当我的学生向我要参考书目的时候,我就对他们说:'参考书目不重要,毕竟莎士比亚一点也不知道什么莎士比亚参考书目。'约翰逊不可能预见到将来写的关于他的书。'为什么你们不直接读原著呢?'"

大学里的教师,如果没有被学生问到参考书目的问题,那就是在被问到之前先开好了。可见教与学之间互相训练,已有稳定的成规。这一点上,我算不上好老师,每个学期开课,总有学生问起,我才想起这是个问题。我的回答与博尔赫斯差不多,却没有他那么心平气和。每次看到什么论文后面附有从网上搜来堆在那里的参考书目,都有点儿生气。

还有定义的问题。"我就是这样教学的,坚持美学事实不需要定义。美学事实那么明显,那么直接,就像爱情、水果的味道或水那样不能确定。……如果我们一下子就感受到了，为什么还要用别的词语去稀释它呢？这些词语肯定要比我们的感受弱得多。"

对了，这里说的是文学教学，尤其是诗歌。

"为什么还要用别的词语去稀释它呢？"——不稀释受不了啊。有百分之十的浓度就可以了，是吧？

五

一九五五年底，博尔赫斯被任命为国家图书馆馆长，身处九十万册各语种的书籍之中，他发现他只能看清封面和书脊。"上帝同时给我书籍和黑夜，／这可真是一个绝妙的讽刺"——这两句诗说一个事实，很容易理解；下面两句，"我这样形容他的精心杰作，／且莫当成是抱怨或者指斥"——这是真的吗？真的没有怨言？

过了很多年，我明白，这是真话。博尔赫斯说："失明对于我没有成为彻底的不幸，也不应该把它看得太重。应该把它看作是一种生活方式：人类的一种生活方式。"

阿根廷国家图书馆真有意思，之前已经有两位馆长是盲人，到博尔赫斯，是第三位。"二，只是一种巧合；而三，则是一种确认。这是一种三元素式的确认，一种天意或者神学的确认。"

博尔赫斯还是一个诗人，而诗歌与失明之间的亲密关系，从荷马就开始了。我们不知道是否真有荷马这个人，奥斯卡·王尔德提示说，古代把荷马认定为盲人诗人，这是经过深思熟虑的："希腊人坚持认为荷马是盲人，以说明诗不应该是视觉化的，而应该是听觉化的。"博尔赫斯甚至认为，魏尔伦的关于诗首先是音乐的说法也是从这里一路发展而来。弥尔顿认为他是自愿失明的，因为他第一个心愿就是成为伟大的诗人。詹姆斯·乔伊斯说："在我身上发生的种种事情中，我认为最不重要的就是我成了盲人。"博尔赫斯觉得他这样说很大胆，同时也是骗人的，乔伊斯浩大著作中的一部分是在黑暗中完成的，他创造了一种很难懂的语言，但是可以辨别出一种奇怪的音乐。

"我总是感觉到自己的命运首先就是文学。这就是说，在我身上将会发生许多不好的事情和一些好的事情。但是从长远来说，所有这一切都将变成文字，特别是那些坏事，因为幸福是不需要转变的，幸福就是其最终目的。"进一步说，"一个作家，或者说所有人，应该这样想，他身上所发生的一切都是工具。所有给他的东西都有一个目的。这一点在艺术家身上尤其应该更强烈。在他身上发生的一切，包括屈辱、烦闷、不幸等等，都像是为他的艺术所提供的黏土、材料，必须接受它们。所以我在一首诗中讲到古代英雄们的食粮：屈辱、不幸、倾轧等。给我们这些东西是让我们去改变它们，让我们把生活中的悲惨变成或力求变成永恒的东西。"

如果这样想问题，对于盲人图书馆长和盲人诗人来说，不仅书籍是上帝的恩赐，失明也是一种恩赐。

六

"我一直在暗暗设想，天堂应该是图书馆的模样。"

这句话给人印象太深刻了。有这么一件事：很多年前，我写了一本小书《读书这么好的事》，像是由引文编织出来的，其中也包括博尔赫斯的话。有一位朋友，写文章提了一个问题：为什么偏偏没有引用"天堂应该是图书馆的模样"这么有名的一句？

这真把我问住了。为什么呢？

这会儿想起这个问题，忽然明白了：因为我未曾想象天堂。我的观念里面没有天堂，自然也就不会想象天堂是什么样子。

但我喜欢博尔赫斯，喜欢他这样去想象。

二〇一六年五月十五日

《纽约客》的罗斯

哈罗德·罗斯(1892——1951),《纽约客》的创办人,去世已经半个世纪了。他当然算不上呼风唤雨的大人物,可是死后的声名历多年而不衰,不能不说是他倾后半生之力成功塑造的《纽约客》对美国的文化和精神生活产生深远影响的一个结果——这种影响越来越被意识和感受到,人们自然地就会生出对那么一个人物的兴趣来。《我与兰登书屋》的作者称罗斯为"密友",说他是美国最伟大的杂志编辑,同时又是个古怪的混合物:"人们可能想象《纽约客》的编辑是个精明的绅士，但哈罗德看上去却总像是从沙克中心开来的火车上刚下来那么个风尘仆仆的样子。他是个老天真而且拘谨得很，从来不允许在《纽约客》上发表一个下流字眼，而且把任何淫秽的东西都砍掉。这就使他多次与亚力山大·伍尔科特吵架，因为伍尔科特总要偷偷地塞进一些短小的不正不经的故事。"

细究起来，罗斯的身后声名多年来其实一直处于一种多少有些含混的、尴尬的状态。譬如说吧，他当年的那些同事，其中不少成了大名鼎鼎的人物，他们在写到他和《纽约客》杂志的时候，有意无意间留下了不少可堪玩味的地方。著名的漫画家和随笔作家詹姆斯·瑟伯一九五九年出版的《与罗斯相处的几年》似乎暗示说，为杂志赢得声誉的，主要是他瑟伯，而不是罗斯；吉尔一九七五年出版了《纽约客在这里》，他笔下的罗斯是个举止粗鲁、没有受过多少教育的乡巴佬——这本书写得生动风趣，但另一方面，一个人和一本杂志间的深切关系，就在轶事趣闻、插科打诨中消失了。

一九九五年，托马斯·昆克尔出版了一部传记《〈纽约客〉的哈罗德·罗斯》，公允、详尽地叙述了传主的生平和事业；最近又有一部研究著作《〈纽约客〉和它创造的世界》出版，这是本·亚格达利用六十多年的档案材料撰写的，罗斯被无可辩驳地置于不可替代的中心地位。这一类著作的相继问世，使人们再谈起罗斯的时候，会觉得只是说说他的牙齿之间缝隙很大，或者惊讶他竟然弄不清 Moby Dick 是鲸鱼还是人的名字（这位发表了纳博科夫、艾德蒙·威尔逊很多作品的人，曾经问道："Moby Dick 是条鲸鱼还是一个人？"），就太不够了。据说《纽约客》酝酿创刊的时候，罗斯曾经和几个朋友坐在一起商量给杂志起个名字，其中有人提到的一个是 Truth。幸亏没有用这个名字，否则这个杂志恐怕活不到今天，早就被这个名字的重量压垮了。哪一个人敢说自己始终掌握"事实""真相""真理"等诸如此类只是让人去认识、去信奉的绝对性呢？

《纽约客》没垮，今年创刊已经七十五周年了，《罗斯传》的作者昆克尔等编辑了一部罗斯书信集（*Letters from the Editor: The New Yorker's Harold Ross*, Modern Library, $26.95），罗斯的个性和作风跃然纸上。这是从他自己的文字中活现出的形象，而他，却可能从来也没有想过用自己的文字见证个人的历史和生命。他没有在《纽约客》上发表过一个字。可是如果把他编杂志期间所写的这些书信也算做作品的话，除了艾德蒙·威尔逊，他可能是《纽约客》历史上最多产的作家。多产却不意味着长篇大论，罗斯的这部书信集有四百多页，但绝大部分书信都十分简短，甚至只有一两句话。

怀特临时休假，罗斯写信给他说："我希望你停止写作以后，你那个讨厌的肚子会好一点儿。"

给诗人威廉·波奈特的一封信只有十三个英文词，中听不中听的意思都有了："上帝知道，我们喜欢你的东西，可是这首诗，他妈的，太费解了。"

给瑟伯："今天早晨洗澡的时候，想到你该让新年封面上的狗干什么：眨眼睛，狗眨眼睛。我还不是很清楚狗怎样眨眼睛，不过等你画出来后就清楚了。"

一九三〇年，罗斯给尚未出名、急着寻找出路的小青年约翰·奥哈拉写过这样几句话："我不知道有什么工作，也不想知道，如果我知道的话，我会告诉你。也许你该做的唯一一件事就是，坚持写作成为一个作家。"奥哈拉听从了这个建议，后来功成名就。过了十四年，奥哈拉收到罗斯一封语气大为不同的信："亲爱的约翰：我很遗憾地告诉你，没有预付三千二百美元的好事。我一本正经地向一位阔佬提出此议，结果是一阵哈哈大笑，最后，我也跟着笑起来。"

罗斯的信多有唐突、粗鲁之处，话却说得富有意味，说得清澈透明。很多时候，把事情看明白，把话说明白，不是那么容易的一件事，尤其是在一些特殊的情境中。他给怀特写过一封这样的信："怀特：听到你父亲的消息非常难过，送上我的吊慰，所有我要说的是，人到了三十岁以后，所有的时间里都在不断失去，这真令人难以接受，糟糕透了。"

罗斯花在写信上的时间，常常一天里有好几个小时。《纽约客》的编辑和作家们喜欢接到罗斯的信，里面常常看得出写信人匆匆忙忙、不加修饰的状态。他的信上不仅有打的大叉叉，而且有时还会横空出现三四行莫名其妙的字母——那是他手指在打字机键盘上放错了地方。这个人太忙了，忙得抱怨牢骚个不停，忙得顾不上斟词酌句，顾不上修饰和掩藏，他脑子里在转什么念头很快就会表露出来，想法和把想法表达出来或者付诸实施之间的距离被他压缩到最短，让人容易从他的言语行为直接见到他的心地。

他的抱怨牢骚从另一个方面反映出他对杂志品格和质量的坚持追求，要是他肯松懈一点儿，也许就会少一些牢骚吧？当怀特一家迁往缅因州的时候，他一下子痛失两名干将：E. B. 怀特，独具风格的杂志首席文体家和"笔记与评论"专栏的作者；凯瑟琳，一个不可多得的编辑。他得用多大的力量才能压抑住自己的脾气。他对怀特说："你要是肯做一点点的适时评论，可就能帮上我的大忙了。"其时怀特已经开始为《哈泼斯》写专栏。怀特夫人隔着长长的距离继续为《纽约客》编辑稿件，工作仍然出色，可是这种远距离的工作方式让罗斯既恼火又无奈，他写信给她说："我对你的方式深感遗憾，可是既然你不可能换另一种方式，我也就只好接受了。"

有时他会气急败坏地催稿，被催逼的人当然是他信得过的作家，挨骂的当然多为他的老朋友。弗兰克·苏里梵收到过这样的信："我没办法不力请你写篇东西。如果你不写，你就是个小杂种。"这样的信苏里梵不只收到一次，还有一次罗斯用大写字母写道："该死的，写点东西来！"挨骂的收信人如果要安慰自己，他就该想到，罗斯是不会用大写字母给缺乏才能的作家写信的。

罗斯健康状况长期欠佳，他曾经写信给怀特说，自己的身体比战火中的南斯拉夫还要破烂不堪。战争期间，很多编辑和内部作家去军中服务，杂志的工作量数倍增加，他一个星期必须七天都坐在办公桌前。特别难耐的时候，他甚至想把周刊改为一个月出两期。可是他还是坚持下来了。这种坚持，是出于他对自己这份工作的爱，他离不开、放不下这份工作。这大概是他自己都没有办法的事。

别人也许会奇怪，罗斯怎么从来没有想自己成为一个作家？这样的问题也许很难说清楚，可是对于一个酷爱编辑工作的人来说，他可能会感觉到，要做好他爱的这份工作，需要付出差不多全部的时间和精力，即使他是一个编辑天才。"工作"是一个很普通的词，比不上"事业"好听，可是它能表示出更真实、更踏实的状态和过程，也能更可靠地通向"事业"。

发现、理解和欣赏作家的好，是编辑的职业要求，也是一种并非轻易就可获得的能力。罗斯在这方面实有过人之处，而且就是对手杂志上的好文章，他也毫不掩饰自己的喜欢和看重。一九四〇年，怀特在《哈泼斯》上撰文论自由的意义，罗斯写信给他："我认为这篇东西又漂亮又简洁,大概是我这几年读到的最有感染力的文章,这样的自由确实值得林肯和其他一些人物为之奋斗。"

《纽约客》曾用一整期的篇幅刊登约翰·赫赛的长文,叙述广岛遭受原子弹轰毁的情形。罗斯写信给赫赛道:"那些家伙说什么'广岛'只不过是这一年的一个事件而已,太低估它了。毫无疑问它是我这个时代——如果不能说是所有时代——的最重要的新闻事件。我还从来没听说过这样的事情。"

罗斯知道自己的价值,只不过他不一定把它说出来,期望从别人那里获得对自己的印证。他不在乎别人怎么猜想他怎么评价他,他在乎的是杂志上刊出好作品。他偶尔谈及自己时,通常不会谈自己做的事情有什么意义,而只是简单地说说自己做了些什么事情。他只受过中学教育,年龄很小就在盐湖城一家报社当采访员;后来去加州,在几家报社做记者;再后来,成为美国陆军《星条报》的编辑,"一战"后又当过几个杂志的编辑。这样就到了一九二五年二月，他创办了《纽约客》。一九三四年，他在给格鲁也斯·威廉姆斯的信中说："我受雇于《纽约客》……主要是作为一个出主意的人。我就是这样看待自己的，不管怎么说，我认为我对杂志的首要价值就是这个。"

一九二〇到一九三三年是美国历史上的禁酒时期，这一时期的中间，罗斯在杂志社附近的地下室开办了个秘密售酒的办公室同人沙龙，一天，有人走进去，撞见杂志的漫画家彼德·阿努和专栏编辑劳艾斯·朗，赤身裸体地躺在一张沙发上。朗后来说："阿努和我那时候已经结婚了吧；我想不起来了，可能是我们先喝了酒，喝着喝着就忘了我们已经结婚，有自己的住处可去。"这是一个关于"遗忘"的有趣故事，罗斯若是有知许多年以后的情形，当会感到欣慰：还有人、有历史记得他，《纽约客》的哈罗德·罗斯。

二〇〇〇年五月六日

"嗯,是不错。"

把 E.B. 怀特书信集当作他的自传来读

一、"最美的决定"

E. B. 怀特(1899—1985)书信集中文版有个名字,叫《最美的决定》(张琼、张冲译,上海译文出版社,2009年),这个书名取自一九二九年怀特结婚后放在妻子办公桌上的便笺,写的是:"E. B. 怀特渐渐习惯了这样想:他做了此生最美的决定。"

妻子凯瑟琳是《纽约客》的小说编辑,比怀特大好几岁,有九年的婚姻和两个孩子。怀特从一本旧的

《纽约客》上剪下雷·欧文的画,与画相配的是爱因斯坦的一句话:"人们渐渐习惯了这样想,即空间自身的物理状态就是最终的物理现实。"爱因斯坦的话被怀特换成了自己的话;他还在给妻子的信里说:"这个婚姻是一次巨大的挑战,每个人都祝我们幸福,可那都是虚情假意的。"不过,"渐渐地,像雷·欧文那幅画中的爱因斯坦所说,人们会渐渐习惯诸如此类等等的观点。"

几年前,怀特第一次在《纽约客》的办公室露面时,他就注意到向他致意的凯瑟琳,"她长着一头浓密的黑发(一头鬈发)";更让他印象深刻的,是她那种让一个初出茅庐的年轻作者感觉轻松自在的本领。他后来回忆道:"我静静地坐在那里,凝视着我未来妻子标致的容貌,像往常一样,对自己的举动毫无知觉。"

吸引力是奇妙的东西,没有多少人能清楚地知道它藏在哪里,会在什么时候产生什么样的作用。新婚不久,怀特说过这样的事情:"我很快就感到自己没有选错妻子。一天下午，我帮她打点过夜行李，她对我说：'再放些牙绳。'我立刻明白，一个管洁牙线叫牙绳的女子准定是我的妻子。为找到她，我寻觅了好久，不过很是值得。"

一九七七年，凯瑟琳去世，怀特一下子陷入困境。"我目前的生活十分艰难，除了要努力从失去共同生活了四十八年的妻子的伤痛中恢复过来，还得处理她的财物。"所说的"处理财物"，主要就是按凯瑟琳的遗嘱把大量的书籍和文学资料分送给几个图书馆和大学。"这番劳作耗时费力，而且令人伤感；此刻，我徜徉在这方旧宅中，凝望着空荡荡的书架，一段段回忆挥之不去。"

一九七八年，怀特获得普利策奖，在回复友人的信中，他写道："没错，凯瑟琳当然会为我获得普利策奖感到高兴，可没有她，生活对我已无甚意义，无论得奖与否。她就是我这一生中最大的奖励，我竟能获此大奖，早已心存敬畏。我发现，没有她，生活变得十分艰难，这倒不仅是因为她在许多事情上给了我实实在在的帮助，还因为她使我无论白天黑夜都感到安定，而现在，我整天觉得飘摇不定，心里一团乱麻。我好像无法跟上日常生活的节奏，也无法处理邮箱里的物件。"

二、"每周布道"

一九二五年二月，《纽约客》创刊；九周后，怀特的文章第一次出现在这份杂志上。当时有谁能够预想，开了这个头，后来会怎样？

后来，怀特为《纽约客》撰写了一千八百多篇文章。

《纽约客》的创办人哈罗德·罗斯邀请怀特加入杂志，写"时闻杂谈"，他成了这个栏目的主要撰稿人，一写就写了五十六年，直到八十三岁高龄，不能再写为止。

为《纽约客》撰稿和做编辑工作，怀特胜任，但并不总是愉快。粗略地说，他给《纽约客》的稿件大致可以分为两类：一类是他作为一个自由撰稿人写的，写什么，什么时候写，怎么写，那主要是他个人的事，杂志可以用也可以不用，这种情况比较简单；另一类，是他作为杂志的一员而写的，这种撰稿主要是工作而不完全是个人性的写作，当然有个人的色彩和特性（否则罗斯为什么要特别青睐怀特呢），但这个个人常常是"匿名"的，常常不得不服从于工作的性质和要求，这就比较麻烦。有时，怀特会把他每周按时交出的稿子称为"每周布道"。

一九二九年七月，他从安大略的一个露营地向罗斯抱怨："由于事实上《纽约客》已让我日趋乖戾暴躁，我避得越远越好。我很佩服您那超乎寻常的本领，竟然能忍受——事实上是应付我对《纽约客》多少怀有的报复心，以及三番五次开溜的狡猾习惯……除了比不上您本人，或许还有其他一两个人，我对您这本杂志的珍爱大概不比任何人少。只是，对我来说，它并不是我的整个人生，这也是我为什么要回到一九二〇至一九二一年夏天自己曾经工作的地方，并感到如此快乐的原因之一。"

这样的情绪，在漫长的撰稿生涯中会间歇性地发作。一九三七年三月，怀特给他哥哥的信中说："到了夏天，我打算离开《纽约客》，至少离开一年时间，类似休年假性质的，而且我对此心怀期盼与喜悦。我想知道，能不怀着编辑的焦虑心情和劳作让一周时间泰然经过，会让人有怎样的感觉。没等思想成形就非得将它们写下来，这太可怕了，而且我还持续不断地做了那么久。所以，到夏末我就停下工作，让自己投身于休闲的腐朽和精神的逆流中。"

一九三八年到一九四二年间，怀特应邀给《哈泼斯》杂志写每月个人专栏，起了个名字叫 One Man's Meat。他给罗斯写信解释此事："从你的信中，我得知你并不明白我干吗要每个月为《哈泼斯》而不是为《纽约客》写上同样数量的两千五百字。其中有一些原委。其一，在类似N&C这样的栏目里，主题和自我表达的方式受到一定限制，为此工作十年之后，这活就变得令人生畏，有时还让人觉得压抑；在一个特约专栏里，就可以用'我'而不是'我们'，可以涉及新的领域，而到了我这个阶段，这就很必要了。另外，每月一次的栏目让我有三周的自由时间，可以用来进行耗时颇久的工作，例如用木瓦给粮仓盖屋顶，或是研磨思索曾经的某个想法。我需要这种间歇，期间我不必为发表硬是写点什么。从N&C中我无法获得这种自由，因为它们风雨无阻每周五都要刊出。"

用复数第一人称"我们"来写，但这个"我们"是谁呢？对这个匿名的"我们"，怀特屡屡牢骚。一九五四年出版的作品集《从街角数起的第二棵树》(孙仲旭译，上海译文出版社，二〇〇八年)序言里，又老话重提："有三组文章，读者看到的是原发表于《纽约客》杂志'且评且记'栏目的笔记选，这些当然是用第一人称复数表达的，这种做法在报章杂志上屡见不鲜，也是愚蠢之举。我不知道这种社论式的'我们'源自何处，不过我认为最早使用时，肯定是表达全体或者某一机构共有的意见，但是很快，负责表达这种意见的个人将基本职责忘到脑后，开始谈论起自己，兜售起个人偏见来，却抱着'我们'不肯放手，因此给别人一种印象，即这种东西是由长得一模一样的双胞胎或者表演翻筋斗的一群人所写。我对此完全无能为力，建议读者也别当回事。"

"我们"所谈，有极大的事也有极小的事，有些时过境迁可能没有多大看头了，有些就是到今天也仍然不失其意味。我从上面说到的《从街角数起的第二棵树》里随意选一篇（我挑这篇的最大理由是字数少，可以抄在这里），题为《暂时》，不妨一读：

在龟湾一带一块块补丁似的小花园里，五六片枫叶让秋天带上了刺鼻的味道。几天前的一个上午，一只画眉鸟出现在这里，我们在窗前看着它，褐色，不期而至，正在探索那片林子，蘸一下喷泉。这种来访，给一个城里人带来了独特的满足感；如果我们是在乡下发现的它，欢乐只会有这次的一半。城市是人们喜欢以片剂状、浓缩的方式过日子的地方：一片森林减少至一棵树，一个湖泊蒸馏成一个喷泉，在空中飞行的所有鸟类，体现到暂时飞进某个小花园的一只画眉身上。

这篇短文里虽然出现了两次"我们"，其实却是一个非常怀特的"我"在观察，在思想，在表达。我读到城市人片剂状、浓缩式的生活，马上联想到的是，二十一世纪上海小学二年级的语文课本（或者是类似课本的语文书，记不清了）里的一篇课文：爸爸带着儿子，给楼下一小块空地里的那棵小树浇水，说，这棵小树将来会变成一片森林。瞧，"一片森林减少至一棵树"，虽然是倒过来说，实质还是那么回事。我看着学习这篇课文的儿子，真是感受复杂。

一九八二年，怀特因视力严重衰退而不得不放弃"时闻杂谈"时，抱怨与牢骚早已消散或者化为美好的记忆："我每周写时评，已经写了五十六年。眼睛已经无法胜任。我会怀念'时闻杂谈'的，并不是因为这有什么了不起，而是因为它让我产生一种幻觉，觉得自己在工作上积极投入，且颇有收获。就写作本身来说，写'时闻杂谈'并未占去我太多精力，反倒成了一种寄托，让我熬过难受的早晨，并安定或稳定自己的情绪。我还能为此不断地从《纽约客》领到工资，真是裨益颇多。"

三、三本童话

大约在二十世纪三十年代头几年的某个晚上，怀特做了一个梦，梦见一个有点老鼠的性格和外表特征的小孩。这让他产生了为孩子们写一本书的冲动。但很多年这本书一直处于酝酿状态。一九三九年，他把未完的手稿寄给哈泼的尤金·萨克斯顿，信中说："我得冒着被人视为确实很古怪的危险，向你袒露并承认，小斯图尔特在我梦中完整出现过，他戴着帽子，拿着棍子，一副活泼敏捷的样子。因为他是唯一一个给我的睡眠带来荣耀和干扰的小说人物，我被他深深打动了，觉得自己无权随意把他变成蚱蜢或小袋鼠。"

这本还在写作中的童话引来了很多关心，也一同带来了压力。"为了斯图尔特，我妻子也一直对我唠唠叨叨；事实上，我今天告诉她，说她该消停消停，因为把我逼得太急了。"哈泼准备在一九三九年秋季出版，可怀特坚持："一切要取决于最终成果能否让我满意。我宁肯等上一年也不愿出一本糟糕的儿童读物，因为我非常尊重孩子。"他给萨克斯顿写信说："难题之一是要找到一位满意的插图画家，不知道你对此有何想法。他得喜欢老鼠和人，而且对他们的希望、快乐、失望等等要多少了解一些。"

最有意思的是纽约公共图书馆的儿童书籍管理员

安妮·卡罗尔·穆尔，她是儿童文学界的权威，也是怀特文章的欣赏者，她听说怀特在为孩子们写书，急切地写信表达欣喜。怀特回复说："我对儿童作品很有顾虑，因为很容易陷入一种廉价的异想天开或狡黠之中。对此危险尝试，我不太有自信，除非我正在发烧。"在另一封回信里，怀特又说："我本质上并不是富有想象力的人，对自己能否写出真正让孩子爱读的书并不抱奢望。"

热心的安妮·穆尔一直等到一九四五年，才设法弄到这本书的长条校样，先睹为快。可是，与她想象的完全相反，她读后的感受是："我此生还从未对一本书感到如此失望过。"她给凯瑟琳写了一封长达十四页的信，强烈地恳请她劝说怀特放弃该书的出版。凯瑟琳告诉她，这本书写的是一个梦，就像爱丽丝曾经做过的梦一样；怀特经过了十二年，才把这个梦清晰地记录了下来。

怀特的第一本儿童文学作品终于在这一年出版了，

它就是《精灵鼠小弟》。

书出版后的很多年里，一直有读者来信问到书的结局，问到小斯图尔特最终有没有找到玛加洛。"我没有在书中给出答案，因为从某种角度说，斯图尔特的旅行象征着每个人都在行进的旅程，大家都在寻找着完美和无法企及的东西。这个想法也许太难懂，不该摆在儿童读物中，但我还是这么做了。"

二〇〇六年秋天，我在芝加哥大学附近的一家旧书店里寻找怀特的旧书，书店老板从锁着的橱柜里拿出《精灵鼠小弟》的初版本，要以二百五十美元的价格卖给我。我说太贵了；他也承认，又把书锁进了橱柜。我当时想到的是，让美国的陈子善教授来为版本花这个钱吧。我转身到不远的另一家书店，买了一本不知道是多少次重印的平装小本，六美元。

《精灵鼠小弟》的成功，激励怀特又致力于第二部儿童文学作品的创作，一九五二年，《夏洛的网》出版。怀特与哈泼签订出版合同时，提出每年从该书领取的版税最高限额为七千五百美元。事实证明，他对这本书的收益太没有想象力了。《夏洛的网》的销售量自出版以来一直稳步攀升，到现在总量为一千几百万册。"余下的钱，就由哈泼替我保管着，没准就存放在哪双袜子里。"书出版十年之后，怀特给此书的编辑写信说，多余的钱可以留给孙辈，至于自己，"我就是那个数到七千五百美元就封顶的男孩……唉，我有点像罗斯所说的警察，我无法想象任何超过七千五百美元的数字。对我来说，世界上的钱就这么多，而且已经用不完了。"

《夏洛的网》创作灵感来自怀特在北布鲁克林农场的日常生活。一九三三年，怀特夫妇在缅因州北布鲁克林买了一处四十公顷的农场，从此他们的生活就在纽约和这个农场之间游走。大致说来，"我前半生大部分时间住在城市，后半生大部分时间居于乡间。"（《E. B. 怀特随笔》前言）怀特在自己的农场饲养了很多动物。"有一天，我拎着满溢的猪饲料桶穿过果园，

《夏洛的网》的创作念头出现了。当时我正打算写一本关于动物的儿童作品，我也需要一种保存小猪生命的办法，而且还在后屋里见过一只大蜘蛛，如此这般的，念头就来了。"

他给某校五年级一个班的小朋友回信，描述了他和动物们的亲密关系："我真的有一个农场，在海边。我的谷仓又大又冷，我还养了十只羊、十八只母鸡、一只母鹅、一只公鹅、一头小公牛、一只老鼠、一只花栗鼠，还有很多蜘蛛。在谷仓附近的树林里，还有红松鼠、乌鸦、画眉鸟、猫头鹰、豪猪、美洲旱獭、狐狸、兔子、小鹿。在牧场的池塘里有青蛙、蝌蚪、真螈。有时候，会有巨大的蓝苍鹭到池边来抓青蛙。在海岸边还有矶鹬、鸥鸟，以及翠鸟等。低潮时，泥地里有蛤蜊。有七头海豹生活在附近的岩石和海水里，我划船时，它们会游到我船边来。家燕就在谷仓上筑巢，我车库下面还住着一只臭鼬呢。"

《夏洛的网》出版十八年之后，一九七〇年，《吹小号的天鹅》问世。

怀特一生只写了这三部儿童文学作品，三部都成了经典。

回想二十世纪八十年代末九十年代初期，在中国上海，一个叫南区的研究生宿舍区，不知怎么开始的，一群早已不是孩子、却还没有完全变为社会化的成人的男生、女生中间，悄悄流行起阅读和谈论《夏洛的网》；我甚至异想天开，以为可以把它改写成武侠小说（要是怀特地下有知，一定捶胸顿足还不足以表达其愤怒）。又过了若干年，严锋兄在前《万象》发表脍炙人口的《好书》，宣称理想的世界应该只有两种人存在，一种是读过《夏洛的网》的人，另一种是将要读《夏洛的网》的人。而他是在一九七九年第一次读过之后，反复阅读此书。严锋兄还说《夏洛的网》是好人之间联络的暗号，把这个说法改得平庸一点，可以是，某一类人之间联络的暗号。

四、"嗯,是不错。"

这篇文章写到这里还没有好好谈谈怀特的随笔,而他被认为是二十世纪美国"最受爱戴"的随笔作家。对于这类美誉,怀特多次说:我是一个老派的广告人,"最受爱戴"远不如"最受憎恨"更有吸引力。他曾给出版商写信,说到某本书勒口上的文字,他妻子加上的那句"最重要的随笔作家之一",是句"玩笑话","她提高嗓音就是为了壮胆"。

我觉得关于怀特的随笔,说得最准确的还是他自己的话,是在给他哥哥斯坦利的信中:"很早以前我就发现,写日常小事,写内心琐碎感受,写生活中那些不太重要却如此贴近的东西,是我唯一能赋予热忱和优雅的文学创作。作为一名记者,我很有挫败感,因为我采访回来,内心充斥的不是事件的具体实情,而是一路上遇到的各种琐碎困惑和趣闻。在《纽约客》问世前,我未曾找到任何可以表达这些细枝末节的方式……有时候在描写自我（这是唯一所有人都熟悉的主体）的过程中，我会偶然体会到当手指触及真理核心时的那种极度快感，并听到在我施与的压力下人类所发出的那一声微弱的厉喊，那声音好古怪。"这段话写于一九二九年，怀特的名篇《重游缅湖》（一九四一年）、《一头猪的死亡》（一九四七年）要过很多很多年才诞生，但他对自己写作的认识早就清晰而明确了。

芝加哥大学的斯科特·埃尔吉要写一部怀特的传记，为此他花了十六年，一九八三年才终于出版。怀特晚年，剩下的那点视力很多用在读传记的手稿上了。

他常常会可怜传记作者，因为，"我自己的一生并没有那么激动人心，并未充满情色暴力。我知道，要为一个一生缩在打字机前的家伙写传记该有多么困难。这也是我的命。""在为我写传记的人比我情况还糟糕。他肺部有问题，而且一直忧心忡忡，因为找错了写传记的对象。不管怎么说，我不是诺曼·梅勒，没有娶上七个老婆，也没能偶尔动动刀子。脑子正常的人决不会挑我来写传记。"

他也会抱怨传记作者,那么多的来信,那么多的问题,"斯科特对自己的研究太着迷,无论再细碎再无趣的东西,都舍不得丢掉。"他给斯科特的信里说:"我觉得,即使你已经做了一些删节,文稿还是太长。最可怕的事实是,我的一生并非如此有趣。我看着看着就睡过去了,尽管写的是我自己的事情。"

传记出版后,怀特致信斯科特,描述了这样的情形:"你的文字对我产生了奇妙的作用,我慢慢读下去,一天又一天,一夜又一夜。时而流泪时而发笑。流泪是因为回想起了过去的好时光,因为对凯瑟琳的回忆奔涌而出,笑是因为再次发现自己一直就是个愚蠢之极的家伙。大部分时候我是在笑自己,少数是笑这本书的作者,笑他陷在诠释性文字的乱线团里抽不出身……读起来很耗人感情,这倒没料到。它让我筋疲力尽,但心满意足。"

怀特生命的最后阶段,患有老年痴呆症。他喜欢听儿子为他朗读自己的作品。听完，怀特会问儿子，文章是谁写的。儿子答道："是你写的，老爸。"

短暂的沉默之后，怀特说："嗯，是不错。"

二〇〇九年八月三十日

"我很可能什么也没干,除了给鸟儿换水"

人有时候会渴望,稍稍偏离一下循规蹈矩的日常轨道;随笔作家尤其可能如此。因为,按照 E. B. 怀特的说法,随笔作家是些自我放纵的人。他自己呢,在为《纽约客》差不多每周写一篇"时闻杂谈"一类的稿子,写了十多年,赢得美誉和尊重之后,一九三七年,决定离职一年。

他当然清楚:"在当今世上,任何一位辞掉薪水工作的人都令人怀疑;此外,在一个井然有序的家庭里,任何偏离日常生活的行为都会引起警惕。"所以,他必然会被相关和不相关的人要求，解释一下自己的行为。

怀特是个聪明人，他预先就解释。他给妻子凯瑟琳写了一封信。这封信收在怀特书信集里，书信集中文版名为《最美的决定》(张琼、张冲译，上海译文出版社，二〇〇九年)。

"首先，是我为什么要放弃工作的问题。"这个问题容易回答，譬如工作一成不变让人厌烦，每周按时交稿让人持久地焦虑，等等。

难回答的是，辞了工作以后干什么。这是很多人关心的问题。"大体说来，我的计划就是没有计划。不过每个人都会有秘密规划，我也不例外。写作是一种秘密恶习，就像自我虐待。一个对这样或那样事物充满了诗意渴望且备受渴望煎熬的人，会去寻找一种才智和精神的隐秘之处，并沉溺于此。"

显然怀特并没有把他的秘密规划说清楚。或者他自己也没想清楚，或者他并不想说清楚。他想写一首自传体长诗，但他不愿意和任何人，即使是亲密的妻子，谈这个事。对有些作家来说，存在着一种神秘的禁忌，即：如果在作品还没有写的时候就说了出来，极有可能就再也写不出来了。重点还不在这里，怀特最终也没有完成这首长诗；重点在，这个秘密规划本身并不是这一年里一定要去做、要做好、要完成的事。"如果到了年底，除了一大碗烟蒂外一事无成的话，我也不会为此患得患失。"

那么，你到底要干什么？

"我只是想说遵从男人古已有之的那种来去不定、无拘无束的特权……我要有几次游历……我可能会花大量时间在公园、图书馆、火车站候车室，那里是我在享受这些宜人生活前徜徉的地方。吃饭时间也许无法固定，因为在这十二个月中，我不会为餐饮时间而改变行程。希望这话听起来不像是忘恩负义，也不是一次独立宣言，我只想借此告诉你，我有了新规则，怎么想就怎么干，而不是固定的家庭劳务和办公室工作。我想有一个重要特权，即不回家吃晚饭，除非碰巧，我并没计划缺席,也没计划出席,只是没有计划。"

就是这些。

"我恳求你不要把这事或我想得太严重。我还是原来的这个老家伙……我不想让你蹑手蹑脚地在客厅里来回走动,让其他人别打搅我,因为我很可能什么也没干,除了给鸟儿换水。不过我希望你能大致理解我在这段宽限期内的心中所想,希望当你看到我在某个周四下午冒雨离家去贝尔波特时,即使内心窝火,也能泰然面对。"

怀特的幸运在于,他的妻子凯瑟琳,《纽约客》的小说编辑,能够读懂他的信。她曾经在怀特某本随笔勒口处的作者介绍里加上一句"最重要的随笔作家之一",当然了解随笔作家的一般习性。

随笔作家享受随笔这种文体的自由自在、无拘无束,进而越出文体,要求享受自由自在的生活和无拘无束的存在,在文体和生活之间,好像有一个通道。不过,在我看来,随笔这种文体对自由的追求,无论是强度、力度还是幅度,其实都不算特别大,有边界,有尺度,当然不是无限的。这不,在"年假"之后,怀特又重返《纽约客》的"时闻杂谈",一直写到他八十三岁视力不济为止,前前后后写了五十六年,他自己计算过,"共二万零一百四十天,还不算闰年"。

二〇〇九年九月一日

献给爱丽丝的挽歌

英国著名小说家爱丽丝·默多克晚年患早老性痴呆病（Alzheimer's disease），她的丈夫积年累月地服侍她，穿衣脱衣，喂饭洗澡，不离身侧。她如果看不见他，就会产生恐惧。年轻时这一对夫妇在彼埃罗的湿壁画前流连不去，老来丈夫却只能陪着妻子待在家里一天又一天地看某档电视少儿节目，因为爱丽丝脑力日失，不可能去理解更复杂的东西了。一九九九年二月，爱丽丝去世，两人从此生死相隔，却都总算从疾病的困扰中解脱了出来。

爱丽丝一生创作小说二十余部，是二十世纪英国最重要的作家之一；同时她还是个哲学家。可是她不像哲学家那样写哲学，也不像小说家那样写小说，哲学与小说常常编织在一起，严守二者之间划分界限的人可能看不惯，却无法降低她写作的重要性。她丈夫约翰·贝理也非等闲之辈，是牛津有名的莎士比亚和托尔斯泰研究专家，堪称一代学术宗师。两人结婚四十多年，共同创造出一种不同一般的婚姻生活类型，用英美报刊上的话来说，他们的故事，扩大了我们对于爱的想象空间。在照料妻子所余的不多一点属于自己的时间里——通常是在早晨，爱丽丝还躺在他身边安睡——贝理动笔写作回忆录，昔日的情境和当下的现实交相出现在他笔下，很难说贝理不是通过写作行为所唤起的深情记忆，来对抗眼前命运的残酷捉弄。这本回忆录名为《献给爱丽丝的挽歌》(*Elegy for Iris,* 275pp. New York: St. Martin's Press)，出版后颇获好评，一时打动不少读者。前些日子读到李欧梵一篇短文，他说贝理的文字在脑海中"绕梁三月",读到感动处有热泪盈眶的感觉,顿时想到"地老天荒不了情"的句子。另有消息说好莱坞正根据贝理的书改编拍摄电影,茱迪·丹奇将饰演爱丽丝。

贝理和爱丽丝相识于一九五四年,那时她三十出头,是牛津的哲学教师;他还不到三十岁,是英文系的新人。爱丽丝骑着一辆旧自行车,沿路而过,浑然不觉有人在看她。那是贝理第一次见到她,立即就坠入情网。他写道:"可能我爱上了她,"——其实当时的情形根本就无需"可能"这个词——"这当然是一种天真的爱。"这句话隐含的一个意思是,他所渴望和追求的是那种人类返回童年时代的伊甸园式的爱。所以他接下去写道:"我沉浸于刹那间的狂想之中,觉得从来没有任何事情发生在她身上:她只是骑着自行车,等着我走上去。她既没有过去,也没有未知的现在。"

在这种近乎神秘的幻想中,爱丽丝仿佛是一个"非时间性"的神。许多年后,"非时间性"却变成了命运的诅咒：在一个早老性痴呆病患者那里，过去和未来都坍塌了，脑海里永远都只能是一种混合着茫然的空白和莫名的焦虑的瞬间状态。

可是，爱丽丝身上不可能什么事都不发生，她不可能没有他所不了解的部分。一开始贝理不知怎么会产生这么一个奇怪的看法，他认为爱丽丝对别人不会有很大的吸引力，除了对他一人之外。"我为她普通的相貌而心动，那些日子里我以为这相貌全然缺乏性吸引力……既然没有显眼的女性魅力，她也就不像是会吸引其他男人的人。"不久他就知道自己大错特错了。爱丽丝不仅和学院里的女教师们关系亲密，而且还有为数不少的异性情人，过去有，现在也有。让贝理深感苦恼的是，有的还是他的熟人，还有的是些神秘的外国人。

爱丽丝始终保持她自己独立的私人生活，和她结婚的人必须明白这一点。这不是一件容易的事，贝理却能够站起来迎接挑战。"最初的时候，我总是以为，表现出嫉妒会显得很粗俗，再说我也没有这样做的权利；可是一旦她察觉了它的存在，就会以她和我在一起时的那个'自我'去抚平它，我马上就明白，她的这个'自我'与她和别人相处时的那个人一点儿也不一样。"后来漫长岁月的生活似乎更加清晰地表明，"占有"在他们之间的关系中没有地位，贝理拥有爱丽丝与他相关的那一部分，而把她其余的部分留给她自己，留给她的工作，留给这个世界。

两人相识三年后结婚，婚后一直融洽。贝理说之所以能够如此，是因为两个人都天真单纯，不谙世故。这一对夫妇都对时尚没有兴趣，穿着随便，有时候甚至称得上糟糕，住的房子年久失修，做家务的能力都很差，可是他们能安然自得，看上去是得过且过，其实轻松自然，不为外物所御所累，这一点上两个人彼此欣赏，彼此感到愉悦。他们很少会想到要让世界顺从自己的意志，虽然两个人都成就不凡，却很难说他们有什么出人头地的愿望，甚至说不上有我们通常所谓的事业心。他们有一个花园，一时兴起种植了玫瑰，尔后再也不去费心管理，很多玫瑰都死了，朋友戏称这座花园成了玫瑰的集中营。贝理却颇为自得荒废的花园倒还有活着的玫瑰，还说什么花瓣透明如纱，芳香浓烈似酒。

两人关系中最令人称奇的是各自保持、彼此尊重的美妙的"孤独"，贝理这样写道：

> 我享受着婚姻中的孤独，并以为，爱丽丝也这样看，这有点儿像自己一个人散步，同时却知道，明天，或者过一会儿，就会和另一个人一起分享，当然也很可能明天或者过一会儿，还是一个人独自散步。这还是一种并不排斥婚姻之外的任何事情的孤独，反倒把感觉磨得更加敏锐，去感受与外面的事和人的亲密的可能性。

这不禁让人联想到里尔克的话，他在一封信中说，他不想失去他的孤独，却想把它交到良善的手里，这样，"至少我能够体会到孤独的某种连续性，而不用像一条叼着偷来的骨头的狗，在叫喊喧闹声中被追赶得四处乱跑"。

"交流"一向被视为婚姻生活的法宝，需要认真对待，马虎不得；这一对牛津夫妇的交流却往往付之以玩笑的形式或片言只语，对于不能形之于言的部分有时或能心领神会，也有时不能理解却也不强求自己或对方理解。不刻意交流，而且在生活中为不能交流的部分保留出宽阔的自由空间。贝理承认，在他们关系的早期，他对爱丽丝"知道"的越多，就越不能"明白"她，所以很快他就放弃了要去彻底"明白"她的想法，却也并不因此而生烦恼。爱丽丝拥有一个巨大、丰富和复杂的内心世界，在贝理看来反而是让他快乐和庆幸的事。有一次他们一起在意大利的托斯卡纳看彼埃罗的《耶稣复活》，贝理写道：

这幅画迷住了爱丽丝。关于它,我们谈了许多,可是不论我们谈得多么多,我都清楚,它留给她的真正印象潜隐在言语的下面,就像冰山潜隐在水面之下。神自身的力量和存在的神秘强力驱使着他走出坟墓,这一形象未来将会激发出她自己丰富的想象和创造。

这一对夫妇有一项多年不变的显著爱好,就是相伴游泳。他们最常光顾的地方是牛津附近的一条河流,贝理回忆录的开头就描写了他们第一次去游泳的情景,不乏令人莞尔的笔墨。晚年遭逢病困,自然断了这一习惯。不过,回忆会把往日的情景拉到眼前,把眼前的生活照亮;在想象的河流里,爱丽丝和贝理还依然能够游泳——

坐在床上,身旁的爱丽丝确实睡着了,轻轻打着鼾。这样的平和真是美妙。我自己也再次迷迷糊糊起来,感觉像是顺河漂流,还眼看着从房屋里,从我们的生活里来的废弃之物——有好的,也有坏的——在幽暗的河水里慢慢下沉,直到消失在深处。爱丽丝静静地在我身边漂流和游动。水面下,河草和大的枝叶摇曳,伸展。蓝蜻蜓在河岸边飞来飞去,盘旋悬停。突然,一只鱼狗一掠而过。

一九九九年六月二十四日

"不论我说什么，我都崇爱着她"

《万象》一卷六期介绍约翰·贝理写的《献给爱丽丝的挽歌》，此书以情深意切却绝不流于伤感的笔墨，描述妻子爱丽丝·默多克患早老性痴呆病而日益丧失脑力的不幸过程，打动诸多读者。除了我这篇短文外，同期《万象》董桥先生的一组随笔，也有一段文字推崇此书："这部新书以忏悔录心情写浮生求知的半世缘，竟有小说的景观，露随笔的体贴，带哲学的苍凉，具史诗的魂魄。我翻遍全书，深深感染到他们两人毫无修饰的诚信和没有伤感的胸怀。尊严本该是这样高贵和圆通。'Happiness was but the occasional episode in a general drama of pain':《爱丽丝》却已经修成忘忧和无痛的正果，弃 Thomas Hardy 于百步之外。"

贝理此书一九九九年一月出版，赢得广泛的赞誉。其时爱丽丝已经发展到连丈夫也认不出的地步，年初不得已送往看护院，二月八日即告去世。贝理感到自己还有话要说，又受到《爱丽丝》成功的鼓励，很快就续出一书，题为《爱丽丝和她的朋友们》(*Iris and Her Friends*, 275pp. New York: W. W. Norton & Company)，其中有限的文字叙述了爱丽丝最后一些日子的情形。

这第二本书采取了和第一本差不多相同的叙述方式，由贝理大量的回忆构成，这些回忆大多是他在早晨或深夜，躺在孩子似的妻子身边所唤起的。在第一本书里，他告诉读者的是如何和爱丽丝相遇，恋爱，结婚；而这本新书讲的却是，他自己早年的生活，他被征入伍的战时经历，他最初的性激动，他一步一步踏上文艺灵地的台阶最终成为牛津圣凯瑟林学院的声名卓著的教授。这本书坦率真诚地勾勒出了一幅不理世物、献身学术的自画像。这样一来，在第一本回忆录里占据舞台中心的爱丽丝就很少着墨了，而读者，特别是因读了第一本书又来读其续作的读者，他们的阅读期待就不免要落空。他们大多本来想知道更多爱丽丝·默多克的故事，他们似乎对牛津的女哲学家和获布克奖的小说家，比对牛津的文学教授更感兴趣。其实是贝理自己用第一本书唤起和培养了公众读者的阅读期待，然后又用第二本书违犯了它，以致不得不遭受读者的挖苦：有人说，这本书题目叫作《贝理和他的朋友们》更合适。

贝理一边讲他的故事，一边引经据典，从帕斯卡，哈代，弥尔顿，阿里奥斯托，凯斯特勒，贝杰曼，到莎士比亚，陀思妥耶夫斯基，柯勒律治，雪莱，歌德和康拉德。他们出现在贝理的笔下，自然而贴切，可是一般的读者却觉得头昏眼花，无法消受。气恼之余，又给贝理一个挖苦：说这就好像是把很多璀璨的宝石，缀到了质量差强人意的衣物上。不过话说回来，也许贝理在丧失亲人的伤痛中，特别需要从这些经典中寻求慰藉。

现在的读者，经多识广，口味挑剔。他们把第一本《爱丽丝》许为杰作，而责备同一个作者的第二本书不能完全控制感情。要在读者和作者之间取一个公正的立场恐怕是不容易的，读者有读者的要求，作者也有作者的隐衷、苦痛和表达的欲望。贝理写道："现在爱丽丝已经离去，或者说还正在离去，我没有什么好在乎的了。关于她，关于其他任何事情，不管我写了什么，说了什么，都无所谓。我自己知道，不论我说什么，我都崇爱着她。"

一九九九年十一月七日

图书在版编目（CIP）数据

不任性的灵魂/张新颖著.-- 上海：上海文艺出版社,2022.9
ISBN 978-7-5321-8372-2

Ⅰ.①不… Ⅱ.①张… Ⅲ.①随笔－作品集－中国－当代

Ⅳ.①I267.1

中国版本图书馆CIP数据核字(2022)第146289号

发 行 人：毕　胜
策 划 人：李伟长
责任编辑：胡曦露
装帧设计：人马艺术设计·储平

书　　名：不任性的灵魂
作　　者：张新颖
出　　版：上海世纪出版集团　上海文艺出版社
地　　址：上海市闵行区号景路159弄A座2楼 201101
发　　行：上海文艺出版社发行中心
　　　　　上海市闵行区号景路159弄A座2楼206室　201101　www.ewen.co
印　　刷：上海盛通时代印刷有限公司
开　　本：787×1092　1/32
印　　张：6.125
插　　页：2
字　　数：93,000
印　　次：2022年9月第1版　2022年9月第1次印刷
I S B N：978-7-5321-8372-2/I.6608
定　　价：59.00元
告 读 者：如发现本书有质量问题请与印刷厂质量科联系　T: 021-37910000